庫

32-792-6

汚辱の世界史

J. L. ボルヘス作
中村健二訳

岩波書店

Jorge Luis Borges

HISTORIA UNIVERSAL DE LA INFAMIA

1935, 1954

目　次

汚辱の世界史

初版　序

物語散文の練習帳とも言うべきこの本は、一九三三年から三四年にかけて書かれた。思うに、これらの作品の生みの親は、何度も読みかえしたスティーヴンソンやチェスタトンであり、スタンバーグ[1]の初期の映画であり、それにおそらくはエバリスト・カリエゴ[2]の伝記である。わたしは意識してある種の技法を多用した——でたらめに事項を列挙するとか、話の流れを突然変えるとか、人の生涯を二、三の場面に集約させるとか。(「薔薇色の街角の男」はそうした視覚的関心から生まれた作品である。)作品はどれも心理主義的なものではないし、またそうあることを意図していない。

巻末第三部の魔術を題材にした諸篇に関しては、わたしは訳者兼読者以上の資格を主張するものではない。わたしはときどき思うのだが、よい読者はよい作者以上に稀有《けう》な存在——言ってみれば黒い白鳥である。ヴァレリーが彼の過去形エドモン・テスト氏の手になるものとした断片は、テスト夫人や友人たちのそれとくらべると明らかに見劣りがすると思うのはわたしだけではないだろう。何はともあれ、読むという行為は書くことの後に来る。書くことにくらべれば忍従と礼節を強いられるが、それはより知的な行為である。

J・L・B

一九三五年五月二七日、ブエノスアイレス

訳註

（1） アメリカの映画監督。「暗黒街」（一九二七年）、「紐育の波止場」（一九二八年）などの作品がある。

（2） 二十世紀初めに夭折したアルゼンチンの詩人。ここに言う伝記はボルヘス自身が書いたもの。

一九五四年版　序

可能な手法を意識的にすべて使い果たし（あるいは使い果たそうとし）、その結果それ自体がほとんど一個のパロディと化す——そういう文体をわたしはバロックと規定しようと思う。一八八〇年ごろ、アンドルー・ラング[1]はポウプ訳[2]『オデュッセイア』のパロディを試みたが失敗に終わっている。ポウプ訳自体が一個のパロディであるから、先輩の手法をしのぐわけにはいかなかったのである。世にいう「バロック」なるものは、さまざまな形態の三段論法のことである。十八世紀は、十七世紀の建築と絵画に見られるある種のゆきすぎにこの名称を冠した。わたしに言わせれば、手法を誇示し濫用するとき、あらゆる芸術はその最終段階においてバロックとなる。バロックは知的なスタイルである。バーナード・ショーは、すべての知的な営みは諧謔《かいぎゃく》的なものであると言っている。こうした諧謔はバルタサル・グラシアン[3]の作品においては意識化されていないが、ジョン・ダン[4]の作品では意図的で意識的なものである。

この作品は、表題からしてバロック的性格を誇示している。それを矯めようとすることは、かえって作品そのものを殺すことになるだろう。今度ばかりは'quod scripsi, scripsi'(「わが記《しる》したることは記《しる》したるままに」ヨハネ伝十九章二十二節)という聖書の一節を援用し、作品を二十年前と同じ形で再刊しようとする理由もそこにある。自ら作品を書く勇気はなく、他人の書いたものを偽り歪めることで(時には正当な美的根拠もないまま)自分を愉しませていた臆病な若者――作品はすべてこの若者の無責任なひとり遊びである。若者はこうした剽窃《ひょうせつ》的性質の習作を経て、苦心惨憺のすえ、ついに自前の短篇「薔薇色の街角の男」を書き上げた。そのとき、彼は作者名に曽祖父の名前を使ってフランシスコ・ブストスと署名したのだが、作品は不思議なまでに異常な成功を収めた。

この物語はブエノスアイレス郊外のならず者の口調で書かれているが、作品の中でこの無法者が、「臓腑」とか「旋回」といった高級な言葉を使っていることに読者は気づかれるだろう。わたしは故意にそうしたのである。ならず者は教養に憧れる、あるいは(これはいま言ったことを否定することになるが、おそらくこれが真実である)ならず者もまた一人の生きた個人であって、いつも世人の想定する理想型的ならず者のようにしゃべるとは限らないからである。

大乗仏教の哲学者たちが説くところによれば、宇宙の本質は空無である。この見解が、ささやかな宇宙であるわたしの本を指しているのであれば、それはまったく正しいと言わねばならない。その世界に棲みかつ在るものは、海賊であり絞首台である。表題の「汚辱」とは仰々しい言葉であるが、その響きと怒りの背後にはなんの意味もない。この本は見せかけ以上のものではなく、かつ浮かびかつ消えていくイメージの連続以上のものではない。まさにその理由で、それは楽しい読みものであるだろう。作品が書かれたとき、作者は少なからず不幸であったが、書くことで自らを楽しませた。願わくは、その悦楽の残響が読者にも谺《こだま》せんことを。

再刊するにあたって、「エトセトラ」の部に新しく三つの小篇を付け加えた。

J・L・B

訳註

(1) スコットランドの民俗学者・詩人。『オデュッセイア』の英訳は一八七九年刊。
(2) 十八世紀擬古典主義時代を代表する英国の詩人。
(3) 十七世紀スペインのモラリスト・小説家。
(4) 「形而上学的」という形容辞を冠してよばれる十七世紀英国の知性派詩人の代表。

I inscribe this book to S. D.: English, innumerable and an Angel. Also: I offer her that kernel of myself that I have saved, somehow — the central heart that deals not in words, traffics not with dreams and is untouched by time, by joy, by adversities.

この本をS. D. に贈る――イギリス人、数えきれない、天使。
さらにもう一つ　彼女に進呈しよう――僕の内なる仁《にん》。
それは僕がどうにか守りおおせたもの。言葉を商わず、
夢を密売せず、時間も喜びも不運も触れたことがない心の芯《しん》。

汚辱の世界史

ラザラス・モレル——恐ろしい救世主

遠因

一五一七年、スペイン宣教師バルトロメ・デ・ラス・カサスは、地獄さながらのアンティリヤスの金坑で憔悴しているインディオに同情し、時の皇帝カール五世にその救済策を上奏した。黒人を輸入し、かわりに彼らを金山地獄で憔悴させてはいかがというのである。南北両アメリカを通じて、この奇妙な博愛精神の発露に負うものは数知れない。W・C・ハンディのブルース。ウルグアイの弁護士画家ペドロ・フィガリのパリにおける黒人画の成功。『黒人事情』の著者である、もう一人のウルグアイ人ビセンテ・ロッシの逃亡奴隷をめぐる名文。エイブラハム・リンカン像の神話的背丈。南北戦争による五十万の戦死者と軍人恩給に費やされた三十三億の大金。アルゼンチン独立戦争の黒人勇士「ファルーチョ」(アントニオ・ルイス)の幻の銅像、スペイン学士院国語大辞典第十三版における動詞 linchar〔リンチにかける〕の採録。黒人たちの激しい熱気に包まれたキング・ヴィダー監督の名画「ハレルヤ」。ミゲル・ソレル将軍(アルゼンチン)が自らかの有名な《ニグロ混血混成部隊》を率いてたたかった、セリトの戦い(ウルグアイ)における勇壮果敢な白兵戦。気品のある若い黒人女性特有の魅力。マルティン・フィエロ*に殺された黒人。哀調切々たるキューバ・ルンバ「ピーナッツ売り」。捕囚の身となって獄中に呻吟するトゥサン・ルーヴェルチュールのナポレオン的境涯。蛇と十字架の祭壇で、祭司《パパロワ》の山刀が山羊の喉を紅の血に染めるハイチの黒人宗教ブードゥーの秘儀。タンゴの母ハバネラの踊り。もう一つのニグロ・ダンス、カンドンベ。

そして最後に、極悪非道の黒人解放者ラザラス・モレルの大いなる悪名一代。

舞台

河川の父、世界最大の川ミシシッピこそ、無類の悪党モレルには似合いの舞台であった。（この川はアルバレス・デ・ピネーダが発見し、エルナンド・デ・ソトが最も早くその探険をこころみている。彼はいにしえのペルー征服者《コンキスタドール》であるが、インカ皇帝アタワルパが囚われて牢にあったとき、その寂寥をまぎらす一助にチェスを教えてやったことがある。デ・ソトが死んだとき、彼はミシシッピに葬られた。）

ミシシッピは南の四大河パラナ、ウルグアイ、アマゾン、オリノコの兄というにふさわしく、その暗い川面は渺漠《びょうばく》として果てしない。水は濁っていて、毎年四億トンをこえる泥土が川から吐き出され、メキシコ湾を汚す。太古の昔からそうして堆積された尊い沈泥がデルタを作り、そこでは果てしない分解をくりかえす大陸の残滓から沼杉の大木が生え、泥土と死魚と藺草《いぐさ》の迷宮が国境線を拡張し、この悪臭帝国の平和をひろめる。

＊マルティン・フィエロは十九世紀のアルゼンチン詩人ホセ・エルナンデスの同名の歌物語の主人公（ガウチョで吟遊詩人）。彼は喧嘩で黒人を殺したことがあったが、巻末でその黒人の兄弟にギターの弾きくらべを挑まれる（訳註）。

上流に溯ると、川はアーカンソー川とオハイオ川の二手にわかれ、両者にはさまれるようにしてまた別の低地が拡がる。不潔な身なり、くすんだ肌色の男たちがここに住んでいる。血色につやがないのは瘴気《しょうき》に冒されやすいためだろう。彼らは鉄や石と見れば貪欲そうに目を光らせるが、それはこのあたり一帯どこへ行っても、砂と流木と濁水のほかはほとんど何も見当らないからである。

登場人物

十九世紀のはじめ(これがわれわれの話に関係する時代である)、ミシシッピ沿いの広大な綿花農園では、夜明けから日没まで黒人が使役され、夜は丸太小屋の土間に寝かされていた。母子のつながりを別にすれば、彼らの血縁関係は因習的ではっきりしない。名前はあるが、姓はなくてもかまわない。また字が読めない。低いファルセットで話す彼らの英語の母音は間延びしている。彼らは監視人の鞭の下で、身を屈め列をくんで働いた。だれか逃亡したことがわかると、顔中ひげだらけの男たちが美しい馬に跳び乗り、吠えたてる猟犬をしたがえて追跡をはじめる。

黒人たちの心の襞には、動物的希望とアフリカ的恐怖が幾重にも堆積していたが、そこにはもう一つ、聖書のことばが刻みこまれていた。彼らはキリストを信仰していたのである。野太い低い声で、彼らは「ゴー・ダウン、モーゼズ」を合唱した。彼らはミシシッピにヨルダン川を想像する。しかし、それは現実のみすぼらしいヨルダン川には壮大すぎるイメージだった。

髪を長くたらした怠惰で貪欲な紳士たち――これが黒人の主人であり、黒人が酷使される農園の所有者である。彼らは川を見下ろす宏壮な邸宅(それには例外なく白松造りのギリシア風ポーティコがついている)に住んでいた。いい奴隷は千ドルもするうえに、あまり長持ちしない。なかには途中で病気になって死んでしまうような不届きなのもいる。こうした不安定な条件の下で、持ち主は最大の収益をあげなくてはならない。夜明けから日没まで奴隷を畑から帰さないのはこのためであるし、綿花、煙草、砂糖黍《さとうきび》、そのいずれであれ、農園が毎年なんらかの作物を収納しなくてはならないのもこうした理由からであった。せっかちな耕作からくる無理と濫用がたたって、土地は二、三年もすると不毛になる。こうして、泥沼と化した荒地が迷路のように農園を蚕食していく。町はずれに拡がるこうした放棄農園に、あるものは密生した砂糖黍畑に、またあるものはみすぼらしい泥地にというように、点々と貧窮白人《プア・ホワイト》が住みついていた。彼らは猟師兼業の漁民であり、馬泥棒であった。黒人が盗み出した食いものを分けてもらうことさえ珍しいことではなかったが、そうしたみじめな状態に置かれていても、一つの誇り――汚れのない純血に対する誇り――だけは持ちつづけていた。ラザラス・モレルもこうした男たちの一人だったのである。

主人公

アメリカの雑誌によく掲載されるモレルの銀板写真は本物ではない。記憶に値するこれほどの有名人に、本物の肖像が一枚もないというのはけっして偶然ではない。モレルは写真を撮らせようとはしなかったのだ。無用な痕跡を残さないというのが本質的な理由だが、ついでに自分を包む謎めいた雰囲気を助長しようという下心もあったかもしれない。われわれがたしかに知っていることは、若いころのモレルがハンサムではなかったということ——目はくっつきすぎていたし、口は真横に線を引いたようで、あまり人好きのする風貌ではなかったということだ。もっとも、白髪の大悪党、監獄知らずの大胆不敵な犯罪者——彼らに特有のあの威厳がやがて彼にも備わってくるのではあるが。みじめな幼年時代と恥ずべき生涯にもかかわらず、モレルはまぎれもなく白人の旦那であった。聖書に通暁していたこともあって、その説教にはなみなみならぬ自信がこもっていた。「ラザラス・モレルが説教壇に立っている姿を見たことがある」、ルイジアナ州バトン・ルージュの賭博場の主が言っている、「おれはいい話だと思って説教に聴きいっていた。ふと気がつくと奴さんの目に涙が浮かんでるじゃないか。神さまから見りゃ、なるほど奴は間男をした不義者で、黒人泥棒で、人殺しかもしれん。しかし、あの時はおれも思わず泣いちまったぜ」

　こうした神聖な心情告白のもう一つの立派な証言は、モレル自身が提供している。「おれはでたらめに聖書をあけた」(彼は書いている)、「すると聖パウロのうまい文句が見つかって、そいつを種に一時間と二十分説教を続けた。助手のクレンショーと奴の手下どもも、その時間をむだにはしなかった。聴衆の馬を一匹残らず盗んでおいてくれたからだ。おれたちは川向こうのアーカンソーでそいつを売りとばしたが、元気のいい栗毛だけはおれ様用に売らずにおいた。そいつはクレンショーも気に入っていたが、自分のものじゃないってことぐらいは、奴も忘れなかったはずだ」

方法

ある州で盗んだ馬を別の州で売りとばすことなど、モレルの犯罪歴においては枝葉末節の瑣事にすぎない。しかし、それは世界汚辱史上にその名が書き加えられる原因となった方法を予知するものである。この方法は他とは異なる特殊な事情もさることながら、それに不可欠の汚いやり口や、相手の信頼につけこむ卑劣な人心操縦術から言っても、また恐ろしい悪夢の流れにも似た段階的展開から見ても、一種独得なものである。後にアル・カポネとバグス・モランが潤沢な資金と不粋な自動小銃にものをいわせ、大都市で活動を開始する。しかし、彼らの仕事は俗悪だった。その狙いはただ一つ、縄張りを独占することだけだったのだから。手下の数について言えば、モレルの配下は約千人——どれも忠誠を誓った部下たちである。そのうちの二百人が組頭とよばれて幹部会を構成し、残りの八百人に命令を下して事にあたらせた。危険はすべて、これら下働きの手下にふりかかる。反乱でも起こそうものなら、彼らは司直の手に引き渡されるか、足に石をくくりつけられて奔流逆巻くミシシッピに投げ込まれる。その多くは混血《ムラート》だった。彼らに課せられた悪魔的使命は次のようなものである。

これ見よがしに指輪をいくつも光らせながら、彼らは広大な南部の農園を馬で乗りまわす。一人のあわれな黒人にこれぞと目星をつけると、すかさず自由にしてやるがどうだともちかける。そして、あらまし次のような条件を切り出す。まず本人がいまの主人のところから逃げてきて、遠く離れた農場にもう一度売られる。そのさい、代金の一部は本人のものになる。彼は二度目の主人からもういっぺん逃亡するが、今度は無事、自由州に逃がしてもらえる。自由と金、もう何をしてもいいうえに、ポケットには銀貨が鳴っている——当の黒人に、これ以上に魅力的な誘惑がありうるだろうか。彼はすっかり大胆になって、最初の逃亡をこころみる。

川が天然の逃亡ルートを提供する。カヌー、蒸気船の船倉、艀《はしけ》、先端に木造りの小屋を一つ、時にはカンバス地のテントを二つ三つおいた、空ほどもでっかい筏《いかだ》――どこにいるかはどうでもよい。大事なのは、流れ続ける川の動きと安全を黒人に膚《はだ》で感じさせることなのだ。黒人は別の農園で売られ、そこから再び逃亡して砂糖黍畑か窪地に身を隠す。そこで彼の恐ろしい恩人たちは（黒人ははじめてその正体に疑問を懐《いだ》きはじめる）、おまえを最後には自由にしてやる、ついてはまだ金がいると当人にはよくわからない費用をあれこれあげ、もういっぺん売られてもらわなくてはと言う。そして、こうつけくわえる――今度逃げ帰ったら、二回の売上げ金の一部と自由をおまえにやろう、と。男は言われるままにまた売られ、しばらく働き、猟犬も鞭も恐れず最後の逃亡をくわだてる。こうして、血と汗にまみれ、眠気をこらえ必死の思いでまた逃げ帰ってくる。

最終的解放

こうした悪事の法律的側面が次に検討されなくてはならない。最初に逃げられた持ち主から、捕《つか》まえてくれた人に謝礼金を出す旨の広告が出されるまで、モレル一味は逃亡奴隷を売りにだすことはしなかった。この種の広告は発見者に当該財産の保有を是認していた。したがって黒人は信託財産となるから、その後彼が又売りされても、それは窃盗にはならず、たんに信託義務違反、つまり背任にすぎないということになる。こうした背任行為に対し、民事訴訟をおこして賠償を求めてもむだだった。賠償金が払われたためしはなかったからである。

以上のことは、モレル一味にはたいへん心強いことだった。しかしそれでも、まったく安心というわけではない。黒人が恩返しのつもりで、あるいはまた不満から、口を割ってしまうかもしれない。イリノイ州ケアロの売春窟で、しょうことなしにくれてやった金をすっかり使いはたし、バーボン・ウィスキーを二、三杯ふるまわれただけで、彼らの秘密をなにもかもばらしてしまう――奴隷あがりの下郎のこと、その恐れは多分にある。このころ、北部の津々浦々を、熱心に奴隷廃止を説いてまわる者たちがいた。私有財産に反対し、黒人の解放を叫び、彼らに逃亡を扇動する危険な狂人たちの一団があったのである。モレルがこれらアナキストどもにたぶらかされる気遣いはなかった。彼はヤンキーではなく南部の白人――それも生粋の白人である。彼はいつの日かこの仕事から足を洗い、一人前の紳士になって、広大な綿花畑と何列にも身を屈めて働く奴隷の持ち主となる日を夢見ていた。要するに、彼はむだな危険を冒す気はなかったのである。またそうしないだけの老獪《ろうかい》さを経験から身につけていた。

逃亡奴隷が自由を要求する。すると混血の組員たちは、さながら亡霊のようにどこからともなくあらわれ、仲間同士で命令を合図しあう。それは時にはうなずきあうだけで充分だった。こうして奴隷は解放される――見ること、聞くこと、さわることから。昼、屈辱、時間、恩人たち、憐憫、空気、猟犬の群れ、世界、希望、汗から。そして自分自身からも。一発の弾丸、ナイフかこぶしの一撃ですべてが終わる。あとはミシシッピの大亀や鯰《なまず》がこの最後の証拠物件を有難く頂戴する。

暗転

頼りになる手下どもに恵まれて、事業はいきおい隆盛の一途をたどる。一八三四年のはじめには、モレルはすでに七十人ばかりの黒人を「解放」していたが、さらに多くのものが、これら幸運な先人たちの例にならうはずであった。事業領域も拡がって、新しい仲間を雇い入れることが必要になってくる。こうして新しく忠誠を誓った男たちの中に、アーカンソー生まれのヴァージル・スチュアートという若者がいたが、もちまえの残忍さによってたちまち頭角をあらわした。スチュアートは多くの奴隷に逃げられた南部紳士の甥であった。一八三四年八月、この若者は誓いを破り、モレルとその一味の正体をあばいた。ニューオーリンズのモレルの家は当局の捕手に包囲される。彼らの手抜かりのお蔭で(あるいは金をにぎらせたのかもしれないが)、モレルはあやうく逃げのびた。

三日がたった。彼はこの間、トゥールーズ街のある旧い屋敷に匿《かくま》われていた。ほとんど食事もせず、葉巻をくわえたままなにか一心に考えごとをして、蔦《つた》が茂り銅像が立ち並ぶ中庭の奥まった広い薄暗い部屋を、はだしで往ったりきたりしていたようだ。その家の黒人召使いに持たせて、彼はナッチェズに二通、レッド・リヴァーに一通手紙を送っている。匿われて四日目、三人の男が彼のところにやって来、明け方までとどまって今後の計画を相談した。五日目、モレルは薄暗くなったころに起き出し、剃刀《かみそり》を持ってこさせてていねいにひげをそる。それから身なりを整えて家を出た。ゆっくりとした足どりで、彼は町の北はずれをよぎり、田舎に入るとミシシッピ川沿いの低地を迂回したが、今度は歩速をはやめた。

　彼は無鉄砲な計画をたてていた。まだ彼を恐れ崇めているはずの最後の黒人たち――彼らを利用しようともくろんでいたのである。彼らは仲間の逃亡を目撃したが、そのうちのだれ一人として、つれ戻されたものはいない。ということは、彼らに約束された自由は嘘ではなかったということになる。モレルの狙いは、黒人をたきつけて反乱を起こさせ、ニューオーリンズに攻め入って町を略奪し、その一帯を占領することだった。スチュアートの裏切りで無一物になり、あやうく命まで落としそうになったモレルは、全国的一大反響をまきおこすべく、今度は大ばくちをもくろんだのである。犯罪行為が一転して救世の義挙と称揚され、史的名声をかちうるような大ばくちを。こうしたもくろみを胸に、彼はナッチェズに向かい、そこで体力の恢復をはかった。その時の彼の道中記の一節を次に引いておく。

四日間歩きつづけたが、馬を手に入れる機会はなかった。五日目の十二時ごろ、水を飲んで少し休もうと思い、小川のほとりに足をとめた。来た道の方を見やりながら丸太の上に坐っていると、恰好のいい黒馬に乗ってやってくる一人の男が目にはいった。その男を見た瞬間、やつの馬をちょうだいすることに決めた。立ち上がるなりピストルを突きつけ、馬から下りろと言った。やつは言われたとおりにした。おれは馬の轡《くつわ》をとり、川の方を指しておれの前を歩くように命令した。数百ヤード行くとやつは立ち止った。おれは服を脱がせた。やつが言う、「おれを殺《や》るつもりなら、その前にお祈りをする時間をくれ」。お祈りなんぞ聴いてる暇はないと言ってやる。やつが膝を折ってへたりこむと、おれはすかさず後頭部をぶちぬいてやった。それから腹を裂き、はらわたを摑みだしてやつを川に沈めた。服のポケットをさぐると、金が四百ドルと三十七セント見つかる。それに書類が何枚か。そいつは調べてもみなかった。やつの長靴は新品で、おれの足にぴったしだ。そいつを有難くはかせてもらうことにし、それまではいていた古いのは川に沈めた。

こうして、欲しいと思っていた馬も手に入れ、ナッチェズに向かった。

破滅

彼をリンチにかけてやりたいと思った黒人たちの反乱を指揮するモレル、反乱を起こさせて指揮したいと思った黒人たちによってリンチの憂き目にあうモレル――ミシシッピの歴史がこの二つのすばらしい機会をいずれも活用しなかったことを認めなければならないのは、わたしにはなんとも残念なことである。それに、詩的正義(または詩的調和)に反して、彼の犯罪の舞台であった川は彼の墓とはならなかった。一八三五年一月二日、ラザラス・モレルはナッチェズの病院で肺鬱血で死んだ。病院にはサイラス・バックリーという偽名で入っていたが、同じ病棟の患者がモレルであることを確認した。同月の二日と四日に、ある農園の奴隷たちが暴動をくわだてた。しかし、それは大した流血も見ずに鎮圧された。

トム・カストロ――詐欺師らしくない詐欺師

わたしも彼のことをトム・カストロとよぶことにする。一八五〇年ごろ、タルカワノやサンティアゴやバルパライソの町や家々で彼はこの名前で通っていたのだし、いまこうして彼が再び南米の土を踏むにあたって――と言っても今度は亡霊として、しがない娯楽読物の主人公*としてであるけれども――彼がまたこの名前で知られるのは全く似つかわしいことだと思うからである。ロンドン東地区の下町ウォピングの出生登記簿には、彼はアーサー・オートンという名で、一八三四年六月七日の項に記載されている。

*本書の悪党たちの伝記はある夕刊紙の土曜付録に掲載された。「娯楽読物の主人公」という比喩は読者にこの点を想起していただくのに好都合だろう（原註）。

肉屋の伜であったこと、陰惨不潔なロンドン貧民窟で幼年時代を過ごしたこと、海に魅せられていたことなどが知られている。この最後の条は別に珍しいことではない。海に遁れる《ラン・アウェイ・トゥ・シー》ことは、親の権威を脱するイギリスの伝統的方法であり、冒険への道なのだから。地理がそれを奨励する。それに聖書も――「舟にて海にうかび大洋《おおうみ》にて事《わざ》をいとなむ者はエホバのみわざを見また淵にてその奇《くす》しき事跡《みわざ》をみる」(詩篇第百七篇)。ある日オートンは住みなれた街から逐電する。汚らしい煉瓦アパートが立ち並ぶ貧民窟を逃げだし、船乗りになって海に出たのである。しかし、南十字星を見てお定まりの幻滅を味わい、チリの港バルパライソで船を脱走した。愚鈍でおとなしい男だから、理窟から言えば彼はここでおそらく飢え死にしただろうし、またそうなっても不思議ではなかった。しかし、彼にはうすのろ特有の人の好さがあり(それにいつも微笑を絶やさず、何を言われてもけっして人に逆らったりなどしなかったから)、これが幸いしてやがてカストロ家の居候におさまった。オートン物語のこの南米エピソードに関しては、彼が自分の名前としてその家の主の名を採用するようになったことを除けば、なにひとつ知られてはいない。しかし同家に対する恩はいつも忘れなかったようで、それというのも、一八六一年オーストラリアに姿を現わしたときも、彼は依然トム・カストロという名前を使っていたからである。同地のシドニーで、彼はエビニーザ・ボウグルという黒人召使いと知り合いになった。ボウグルは特に男前というほどではなかったが、どっしりと落ち着いた雰囲気、肉付と貫禄を増したある年齢層の黒人特有の、堅固な工作物を思わせる外見がそなわっていた。彼にはまた別の資質、つまり突如として霊感が閃めくという才があった。もっとも、一部の文化人類学の教科書はこの能力を彼の人種に認めてはいないけれども。いずれにせよ、われわれはやがてその証拠を目撃するだろう。彼は礼儀ただしい控え目な男であり、アフリカ太古の欲望はカルヴィニズムの正用と誤用によって立派に矯正されていた。霊感の訪れ(これについては間もなく実例をお目にかける)を別にすれば、ボウグルはほかの人間と違っていたわけではないのだ。ただ特に変わっていたことといえば、長年人知れず馬車恐怖症にとりつかれていたことぐらいだろう。彼は街の交叉点に来ると東西南北にきょろきょろと目を走らせるばかりで、いつかは命をうばうであろう狂暴な馬車にすっかり怯えて立往生するのである。

オートンは日もまだ明るいある夕方、シドニーのさびれた街角で、このありそうにもない死から身をまもろうと必死になっている彼の姿を見かけた。オートンはその様子を長いあいだじっと見ていたが、やがて黒人に手を貸してやり、二人は驚きをわかちあいながら安全無害の通りを横断したのだった。過ぎ去っていまは呼び戻すすべもないその瞬間から、二人のあいだに義兄弟の関係がめばえた。がっしりした体格で心配性の黒人が、ウォピング生まれのうすのろでぶの面倒を見るという、なんとも奇妙な関係が。一八六五年九月、二人はシドニーの新聞にのせられた悲痛な広告を読んだ。

偶像化された死者

一八五四年の四月末(というのはオートンがチリで、この国のパティオの広さに見合った熱烈な歓迎を受けていたころである)、リオデジャネイロからリヴァプールに向けて航行していた客船マーメイド号が、大西洋の海底に藻屑となって消えた。死者の中には、フランス育ちの陸軍士官で、イギリスにおけるローマ・カトリック名門の御曹子ロジャ・チャールズ・ティチボーンも含まれていた。読者にはとうてい信じがたいと思われるだろうが、このフランスかぶれの青年――こよなく洗練されたパリなまりの英語を話し、フランス的知性、フランス的洗練、フランス的衒学趣味のみがかきたてうるあの無上の憤りをイギリス人に覚えさせた若者――この青年の死こそ、彼を見たことさえないアーサー・オートンにとって運命の事件となったのである。ロジャの死に動転したティチボーン夫人は息子の死を信じようとはせず、主だった新聞に悲痛な広告を掲載した。この広告をのせた一新聞がエビニーザ・ボウグルの黒い柔かな掌に落ち、こうして世にもあっぱれな陰謀がたくらまれることになった。

不一致の効用

ほっそりした体つき、もの静かな身ごなし、彫りの深い面だち、浅黒い肌、流れるような黒髪、生きいきした眼、嫌味に聞こえるほど几帳面な言葉づかい――ティチボーンの人品骨柄はまさに紳士のそれであった。それにひきかえ、オートンはロンドン生まれにはちがいないが、骨の髄まで田舎っぺえ、でぶでぶの太っちょで目鼻だちもこれといって特徴があるわけではない。肌にはそばかすが浮いているし、髪は茶色でウェーブがかかっている。目はねむたげ。人と話をすることはないし、話をしても何を言っているかよくわからない。広告を見たボウグルにある考えが閃めいた。オートンを次便のヨーロッパ行きの客船にのせ、息子だと名のりださせてティチボーン夫人の希望を適《かな》えてやる。計画は無謀きわまる、しかし実に巧妙なものであった。ありきたりのいかさま師とどう違うか、簡単な例をひいて比較の参考に供したい。一九一四年、詐欺師がドイツ皇帝になりすまそうと企んだとする。この場合彼が真っ先に思いつくのは、ぴんとはねた八の字のカイゼル髭を口にたくわえ、左腕を短く縮こまらせ(時のドイツ皇帝ヴィルヘルム二世は生まれつき左腕が短かった)、眉をしかめたいかめしい顔をつくることだろう。もちろん、肩にグレーのマント、胸に燦《きら》びやかな勲章、頭に先の尖った礼帽を佩用《はいよう》することも忘れない。ボウグルはこういう凡俗な手は使わない。彼がアイデアを提供していたら、口髭はきれいに剃らせ、軍人臭はことごとく払拭し、栄光のプロシア黒鷲章も外させていただろう。また左腕も健康な常人とまったく変わらないように見せただろう。しかし、仮定にもとづく比較はこのさい無用である。記録された事実によれば、ボウグルがでっちあげたティチボーンは、髪は茶色、フランス語のフの字も知らないでぶっちょで、顔にはうすのろ特有の人なつこい微笑を絶やさない。長年ゆくえ不明のロジャ・チャールズ・ティチボーンに完全に似せることなど、どうやっても不可能なことをボウグルは知っていたのである。一部を似せることは、かりにそこだけはうまくいっても、どうしても似せることのできないいくつかの相違点をかえって目だたせる結果にしかならないことを彼は知っていた。そういうわけで、ボウグルはそもそも似せようという考えをいっさい捨てさった。このように不条理に徹した方法が、かえって嘘いつわりのないことの充分な証しとなることを彼は本能的に覚《さと》っていた。本物の詐欺師ならばこれほどに明々白々な食いちがいを放っておくはずはない――世間はそう考えるだろうというわけだ。これにはまた時の経過も一役かっていたことを忘れてはならない。ときに運命の危険に身をさらし、南半球で十四年間も暮らしていれば、人間誰しも変わろうというものだ。

彼の成功を保証したさらにもう一つの根本的な原因は、ティチボーン夫人の依怙地で無思慮な広告にあった。彼女がロジャ・チャールズの生存をかたくなに信じつづけていることと、会わずにはおかないという強い意志をそれは示していたのである。

再会

人助けなら労を吝《おし》まないトム・カストロのことである。早速ティチボーン夫人に手紙を書いたことは言うまでもない。本人であることの裏づけとして、彼は左乳首近くの二つのほくろ(こういう証拠はなんとも否定しようがない)、それに子供のころ雀蜂の群れに襲われた記憶——苦痛にみちた、しかし忘れがたい——に言及していた。手紙は短いものだったし、トム・カストロ、ボウグルご両人に似つかわしく、綴字の正確さなど全然気にかけてはいなかった。パリのホテルの奥まった豪華な部屋で、うれし涙にかきくれながら夫人は手紙を何度も何度も読みかえす。二、三日すると息子の言う記憶もよみがえってきた。

一八六七年一月一六日、ロジャ・チャールズ・ティチボーンがホテルに姿を現わして来意を告げた。召使いエビニーザ・ボウグルがうやうやしく主人の先導役を務めている。真冬とはいえ外は陽光が眩しいばかり。疲れきったティチボーン夫人の目は涙でくもっている。黒人がブラインドを窓いっぱいにあけると、光が仮面の役をした。母親はわが放蕩息子の姿を認め、引き寄せるなりしかと抱きしめる。こうして息子を本当に取り戻した以上、彼の日記やブラジルからの手紙はもう必要ではない——それらは十四年の辛い年月、孤独な彼女を支えてきた懐かしい想い出の品々であったけれども。彼女は誇らしそうに息子に返した。なにひとつ欠けてはいなかった。

ボウグルは一人ひそかににんまりした。これでロジャ・チャールズの亡霊を思いどおりに肉付けすることができる……。

神のより大いなる栄光のために《アド・マヨーレム・デイ・グローリアム》＊

放蕩息子の帰還という古典劇以来の伝統的主題と一脈通じあう、この愉ばしい再会でもってわれわれの話にけりがつき、本物の母親、寛大な偽の息子、悪巧みの成功で大金

＊イエズス会のモットー（訳註）

をつかんだ幸運の詐欺師三者の幸福を確実にする、あるいはすくなくともその公算を大にする結果になったとしても不思議ではなかっただろう。しかし運命は(無数に絡みあった原因の無尽無限の連鎖をわれわれはそうよぶのだが)別の結末を用意していた。ティチボーン夫人が一八七〇年に亡くなると、親族はアーサー・オートンに対し、法的身分侵害のかどで訴訟をおこした。チャールズなき淋しさや死の報《し》らせの涙とは無縁であったが(といって強欲と無縁だったわけではない)、彼らはまるで晴天の霹靂《へきれき》のように突如オーストラリアから姿を現わした、このでぶで文盲同然の放蕩息子が本物だなぞとはこれっぽっちも信じてはいなかったのである。オートンの頼みの綱は大勢の債権者たちで、彼らはつけを払ってもらいたい一心から、彼がティチボーンであることに決めていた。

オートンはまたティチボーン家の顧問弁護士エドワード・ホプキンズ、それに好古家フランシス・J・ベイジェントの助力をあてにしていた。しかし、これで充分とはいえない。勝負に勝つためには世論の強力な後押しが不可欠である——ボウグルはそう判断した。それにはどうすればよいか——霊感をもとめて、ボウグルはシルクハットに蝙蝠《こうもり》傘《がさ》という英国紳士のいでたちで、宵闇迫るロンドンの高級邸宅街を彷徨する。やがて蜂蜜色の月がのぼり、街角の四角い泉水に影をおとす。霊感は期待にたがわずやってきた。ボウグルは辻馬車をよびとめ、ベイジェントのアパートに走らせる。ベイジェントは「タイムズ」に、現ティチボーン家の当主が恥知らずのいかさま師であることを証明する長文の投書を送ったが、署名はイエズス会神父ガウドロンとなっていた。読者欄には同じカトリック教徒たちの非難の投書が何通も寄せられる。効果はてきめんだった。世の良識ある人たちはサー・ロジャ・チャールズがイエズス会の恥しらずな陰謀の罠にかけられようとしていることをたちまち見抜いたのである。

馬車

裁判は百九十日つづいた。百人近い証人が被告がティチボーンであることを証言したが、その中には近衛竜騎兵第六連隊で彼と同僚だった四人の陸軍士官も含まれていた。彼はいかさまではない、もしそうなら彼は若いころのティチボーン像に似せようとしたはずだ――彼の支持者たちはくりかえしそう主張した。それにティチボーン夫人は彼を息子と断定したのだし、母親が息子を間違えるなど明らかにありえないことではないか。万事うまく、あるいはだいたいうまくことは運んでいった――オートンの昔の恋人が現われて証人席につくまでは。親族と称する連中によるこの陰険な策謀にボウグルは顔色一つ変えず、またまたシルクハットと蝙蝠傘を手に、霊感をもとめてロンドンの街に繰りだした。彼にはたして霊感の訪れがあったかどうか、それはいまとなっては知るすべもない。彼がプリムローズ・ヒルにさしかかろうとしたとき、一台の馬車が暗闇からぬっと現われた。これぞ長年彼を捜していた、そして彼の方でも恐れていた運命の馬車に他ならぬ。ボウグルは近づく馬車を認め、叫び声をあげる。しかし神の救いはなかった。全力で駆けてきた馬のひづめにしたたかにうちつけられ、彼の頭蓋は石だたみの舗道でぱっくり割れた。

幽　霊

トム・カストロはロジャ・チャールズ・ティチボーンの幽霊、それもボウグルの悪霊が乗り移った情けない幽霊だった。ボウグルの死の報らせを聞くと同時にいっせいにがたがきた。あくまでしらをきってはいたが、自信はぐらつき、食い違いも目立ってくる。先は見えていた。

一八七四年二月二七日、トム・カストロことアーサー・オートンは十四年の懲役刑に処せられた。監獄ではみんなに好かれた。オートンは持ち前の本領を発揮したのである。服役態度が良好で刑を四年軽減された。この最後の歓待――つまり監獄の――が終わったとき、彼は町といわず村といわず、大英帝国の全国津々浦々に講演に赴き、無実と罪を交互に訴えた。自らには謙虚であり、相手にはすすんで迎合する――これはオートンに抜きがたくしみついた習性であったから、彼は夜ごと無実の主張で講演をはじめ、罪の告白でそれをしめくくるのだった。いつも聴衆の求めに合わせていたのである。

彼は一八九八年四月二日に死んだ。

鄭夫人——女海賊

女海賊などと言いだせば、今では色褪せた、あのお粗末な素人芝居を連想させる危険性がある。女海賊に扮して歌い踊っているのは、紛れもなく近在の女中たちだし、舞台の前面でさかまいている波濤からは、下地のボール紙があからさまに透けて見える。しかし、本物の女海賊もいたのである。船の操縦とあらくれ男の統率に長《た》け、航洋船の追跡と掠奪に辣腕をふるった女たちが。メアリ・リードもその一人で、彼女ははっきりこう言っている。海賊稼業はだれにもかれにもつとまるというものではない、この商売を立派にやりぬくには彼女のような胆っ玉がいる、と。彼女がこの道に華やかにデビューしたころ(まだ海のあらくれ者を従える船長ではなかったが)、情夫の一人が海賊仲間になぶりものにされた。メアリはその男に決闘を申し込み、カリブ海の古いしきたりに従って武器を両手に持ち――使いにくいうえにあまりあてにならない燧発銃《すいはつじゅう》を左手にかまえ、右手には頼みのサーベルをにぎって――男とわたりあった。銃は不発に終わったが、剣は頼みにたがわず見事な働きをした……。一七二〇年ごろ、メアリ・リードはジャマイカ島サンティアゴ・デ・ラ・ベガのスペイン軍の絞首台に送られ、その大胆な生涯はあっけなく幕をとじた。

西インドのスペイン領海を荒しまわったもう一人の女海賊に、アン・ボニーというアイルランド生まれの美女がいる。高く隆起した胸、燃えるような赤毛。男まさりの激しい気性で、命がけで捕獲船に乗り込んだことも一度や二度ではない。彼女はメアリ・リードと船を共にし、最後には絞首台を共にした海賊仲間であった。アンの情夫キャプテン・ジョン・ラカムも二人と同じときに環縄*のなぶりものになった。彼の不甲斐なさに腹を立てたアンは、アイシャがボアブディルを嘲ったときの言葉そのままに、彼をはげしくののしった――「男らしく闘っていたら、あんたもこんな犬みたいにくびられちまうことはなかったんだよ」

女海賊の三人目は先の二人よりも波瀾万丈の長い生涯を送り、北は黄海から南は安南海岸の河川におよぶアジア海域で活躍した女傑である。わたしは老練の女海賊鄭夫人のことを言っているのである。

徒弟時代

一七九七年ごろ、シナ海に群がる海賊団の株仲間たちが寄りあって講を作り、新しい海賊団長に鄭という頼みになる男を任命した。この鄭なる人物はその性酷薄無残、沿岸の掠奪にさいしては、海賊の頭目を絵に描いたような采配ぶりを見せたから、沿岸の住民たちはすっかり震えあがり、八十におよぶ町々が貢ぎと涙をもって皇帝の庇護を歎願した。その愁訴はついに皇帝の聴きとどけるところとなった。住民たちは家を焼きはら

＊モーロ人最後のグラナダ王。一四九一年アラゴンのフェルディナンドに敗れる。城を後にして泣き言を言ったとき、母アイシャは次のように叱ったという。「女のように泣くがいい。おまえは男らしく、王らしく戦おうとはしなかった」(訳註)

って漁のことは忘れ、内陸に移って未知の農事にいそしむことを命じられたのである。彼らは言われたとおりにしたから侵略者たちは裏をかかれ、村に躍りこんでも人気《ひとけ》はないしまつ。こうして海賊たちは商船の掠奪へと方針の転換をせまられた。これは交易の深刻な障害となったから、朝廷には以前の掠奪にもまして憂慮すべき事態であった。皇帝政府はすぐさま行動に移り、先の漁師たちに犂と牛を捨て、櫓と漁網を修繕せよと命じる。しかし彼らは昔の恐怖が忘れられず、皇帝にたてつくありさま。やむなく当局は別の策をとった。鄭団長を主馬寮長官に任じるという懐柔策に出たのである。鄭は買収に応じようとしたが、やがてこのことを嗅ぎつけた講の株主たちは、野菜粥に毒を盛ることでその無理からぬ怒りを顕示した。このご馳走が命とりとなり、前の海賊団長で幻の主馬寮長官は海神にその霊を召された。亡夫に対するこの二重の実ない仕打ちに、鄭夫人はすっかり人が変わってしまった。彼女は海賊船の乗組員たちを招集して夫の死にまつわるいっさいの事情を説明し、皇帝の不実な宥恕策と命がけの働きに毒をもって報いる株主たちの陰険な仕打ちを拒否するように説いた。彼女が代りに提案したのは、彼らだけで航洋船を掠奪すること、そのために新しい司令官を選ぶことであった。

その結果選ばれたのは当の鄭夫人である。彼女はねむたそうな眼をした痩せぎすの女である。わらうと虫歯だらけの歯がのぞき、油をつけた黒髪は眼にない輝きをおびている。彼女の冷静な指図のもとに、船は危険な外海へのりだしていった。

采配ぶり

その後十三年にわたって、冒険は整然と続けられた。全船団は六小隊で構成され、各小隊は赤、黄、緑、黒、紫のそれぞれ違った色の隊旗を掲げている。司令船には大蛇の旗がひるがえっていた。また隊長にはそれぞれ呼び名がついていて、それらは《鳥と石》、《東海の祟り》、《隊員の宝石》、《豊魚の波》、《中天の太陽》といった意味の綽名だった。鄭夫人みずから起草した隊員規律はことのほか厳格なものであったが、その簡明的確な文体には、シナの公文書に特有の、あの滑稽な尊大さとも称すべき色褪せた文飾がまったく欠けていた。後者については、ひどいのを一、二あとでお目にかけることになるだろう。さしあたっては、鄭夫人の隊員規律から二、三の条項を引き写すことにする。

敵船より移した分捕品はすべて帳簿に記入し、倉庫に保管さるべきこと。この物品について分捕者は五分の一を受け取るものとし、他は倉庫に保管されるものとする。この掟に背くものは死刑に処せられる。

特別の許可なく部署を放棄した隊員は、全員の前で耳に穴をうがつ刑罰に処する。再度同じ罪を犯したときは死刑に処する。

村でつかまえた女捕虜との甲板での交接を禁じる。これについてはまず船倉長の許可を得、必ず船倉内で行なわれるべきこと。この掟に背くものは死刑に処する。

捕虜から聞き出したところでは、海賊たちの食事は主として乾麺麭《かんパン》、養殖鼠、米飯などであり、戦闘のある日、隊員たちはきまって酒に火薬を混ぜて飲んでいたということである。花札といかさまの骰子《さいころ》ばくち、茶椀と硬貨を使った番攤《ファンタン》、それに阿片パイプと灯火がもたらす幻覚——これが彼らの娯楽と憂さばらしであった。隊員が好んで使った武器は一双の短剣で、これを両手に一つずつもって使うのである。敵船に乗りこむ前に、彼らはにんにくを煎じた水を頬骨と身体にふりかける。それが弾よけのまじないになると信じていたからである。
隊員はめいめい妻を同伴していたが、隊長は船内に妾をかこっていた。その数は五、六人であるが、戦に勝つといつも入れ替わるのだった。

青年皇帝嘉慶は語る

一八〇九年のなかばごろ勅令が公布された。その最初と最後の部分をここに書き写しておく。その文体は広く非難の的になったものである。

邪《よこしま》にして呪われたる者、食物を粗末にする者、収税吏の呼ぶ声また孤児の泣き声に耳をかさざる者、肌着に鳳と竜の縫いとりをした不逞の輩、経書の大いなる理を肯《がえん》ぜざる蒙昧の徒、涙を北に流す者——わが河川の往来、わが海洋古来の平穏を乱すはかかる徒輩である。その用いる船は老朽して航行に適さず、昼も夜も嵐に翻弄される。またその求めるところは徳にもとる。この徒輩にして船乗りの真の友たりしことかつてなく、いまもしからず。船乗りを見れば助けを藉《か》さざることは言うにおよばず、かえって猛然とこれを襲い、破滅や不具や死をもたらす。彼らが天の理法を枉《ま》げることかくも非道であるから、今や河川は氾濫し、耕地は水びたしとなり、息子は父親に背き、慈雨と干天の事理はところを変えるに至る……。

……それゆえ、郭郎よ、朕は汝を提督として懲罰の大業に差し向ける。慈悲は皇帝たる朕の大権であって、臣下がその特権を有《も》たんとするは僭越なることをゆめ忘るな。されば敵には残忍を旨とし、決して私情をはさむな。服従せしめよ、勝利をかちとれ。

さりげなく言及されている、その用いる船は老朽して云々、はもちろん正しくない。征途に向かう郭郎を励ますことをねらっていたのだ。それから九十日たって、鄭夫人の軍勢は「中華」皇帝軍とあい対峙した。千隻近い船が戦闘に加わり、戦いは早朝から暗くなるまでつづいた。戦闘が始まるとともに大砲が轟き、それに鉦《かね》や太鼓や銅鑼《どら》の音、呪詛や呪文の声がいっせいに入りまじる。皇帝軍はさんざんに撃ち破られた。禁じられた慈悲も勧奨された残忍も、ついに行使される機会はなかった。郭郎は敗軍の将として、今日では無視してかえりみられない武人の作法を守った。自害したのである。

河川の沿岸は恐慌におちいる

勝利に驕る鄭夫人麾下《きか》六百隻の軍船と四万の海賊たちは、西江の河口を溯る。右舷左舷ところをかまわず、彼らは火災と死の饗宴と孤児の数を増していった。村はいたるところでまるごと焼き払われる。ある村では、捕虜の数が千を超えた。またこの村では、百二十人の女たちが近くの水田や葦のしげみにあわてて逃げかくれたが、乳呑児に泣かれて居場所がわかってしまい、澳門《マカオ》で奴隷に売られた。遠く離れていたとはいえ、この掠奪で流された涙と悲しみは天子嘉慶の耳に達した。この悲哀の叫びも、しかしながら、征討軍の無残な最後ほどには皇帝を悲しませなかった、とある史家は記している。それはともかく、皇帝は第二の遠征隊を組織した。旗幟、水夫、兵士、兵器、糧食、占卜師、占星師――そのいずれをとっても見るからに恐ろしいものばかりであった。指揮官が選任され、今度は丁魁という人物に白羽の矢が立った。威風堂々と勢ぞろいした船隊は西江の河口地帯に入り、ここで海賊船の退路を塞ぐ。鄭夫人は戦いにそなえて装備をととのえた。今度が厳しい戦い、絶望的なまでに厳しい戦いであることを彼女は知っている。幾夜幾月となく続いた掠奪と無為のくりかえしが、彼女の部下たちを疲弊させていた。戦いが始まる気配はない。陽はのろのろとのぼり、凪にそよぐ葦間にまたゆっくりと沈んでいく。男たちと兵器は夜を徹して待ちつづける。真昼はものうく、午後はいつ果てるともしれない。

竜と狐

しかし毎日夕方になると、皇帝軍の艦船から竜の群れがゆっくりと舞いあがり、海賊船の甲板やまわりの水面に音もなく落ちてくる。竜は薄い紙と葦で作られ、さながら彗星を思わせた。銀色、朱色の違いこそあれ、見た目はどれも同じ形をしているのである。

鄭夫人は夜ごと訪れるこの流星群を不安のまなざしでみつめ、そこになぞめいた長い寓話を読みとった。狐が長い間恩を忘れ過ちをくりかえしても、竜はいつも狐をかばってやるという話である。空にのぼる月は夜ごとに細く虧《か》けていき、紙と葦で細工したこの異形の竜たちは同じ物語を語りつづけた。(時に細部の違いはあったが、ほとんど気がつかない程度のものだった。)夫人は苦悩し、もの思いに沈む。月がふたたび満ちて、空と朱い水面にその姿を映したとき、物語は終わろうとしているようだった。狐にくだるのがはたして無限の赦しなのか、それとも無限の罰なのか、予言できる者はいなかった。しかし、終わりは容赦なく近づいていた。夫人は物語の意味を悟った。彼女は二本の短剣を川に投げ、舟艇の床板に跪くと舟を皇帝軍の旗艦につけるように命じた。

あたりは暗く、空いっぱいに竜が舞っている――この時は黄色だった。旗艦に乗り移ると夫人は言葉すくなにこう呟いた――「狐は竜の庇護を求めます」

礼讃

狐は赦しを得、長い晩年を阿片の密貿易にささげた――史書はそう記している。また彼女は寡婦であることをやめ、《教化の鑑》という意味の名でよばれるようになった、と。

この時から(ある史家は書き記している)、船は平穏裡に往き来した。江河も四海も鎮まって、世はすべてこともなかった。

農民は武具を売りはらい、畑を耕すため牛を買い入れた。また土にいけにえを埋め、丘の頂きで祈りを捧げ、よろこびのあまり日がな一日障子のかげで謡い暮らした。

モンク・イーストマン——無法請負人

アメリカのこちらがわで

青塗りの壁か大空を背にして、二つの姿がくっきりと浮かびあがる。渋い黒のスーツをぴっちり着こみ、かかとの厚い女靴をはいた二人のならず者。彼らは死の舞踊を踊りはじめる——お揃いのナイフを使ったタンゴ。やがて一方の男の耳からカーネーションが飛び散る。ナイフが突きたてられたのだ。男が水平にのけぞり息たえると、音楽のないタンゴは終わる。相手は観念したようにシルクハットをかぶりなおして立ち去る。晩年、男はこの公明正大な決闘の一部始終をあきず人に語って暮らすだろう。わがアルゼンチン往時の暗黒街の歴史は、せんじつめれば右のとおりである。過去のニューヨーク暗黒街の歴史はもっと華やかではあるが、これほどにスマートではない。

もう一つのアメリカ

ニューヨーク・ギャングの歴史は(一九二八年、ハーバート・アズベリが八つ折判四百ページの大部な本によって明らかにしたように)、蛮族の天地神話さながらの混沌と残忍、大がかりな愚行の数々を再現している。黒人アパートに改造されたビール工場の地下倉庫、今にも倒れそうな三階建の安アパートがひしめくニューヨークの裏街。迷宮さながらの下水道をアジトにしていた《泥沼の天使》のような暴力団。十や十一のませた少年たちを人殺しに使っていた暴力団《暁野郎》。《山高帽の醜男》のような大男で恥知らずの一匹狼たち——羊毛をつめた山高帽を深くかぶり、長くたらしたシャツの裾を裏街を吹き抜ける微風にひらひらとはためかせて、道行く人の苦笑をさそった。(そういう時でも、右手には大きな木刀が握られていたし、ポケットからは細身のピストルがのぞいていたが。)喧嘩出入りが始まるときは、いつも棒に兎を串ざしにしてふりまわしていた、《死んだ兎》のような暴力団。油をつけた前髪をちぢらせて額にぺったりなでつけるヘアスタイルや、把っ手が猿の形に彫ってあるステッキ、さらには敵の目玉をくりぬくために親指にはめていた、先の尖った銅細工で有名になった「ダンディの」ジョニー・ドーラン。生きた鼠の頭を一口で咬み切ってみせたキット・バーンズ。「めくらの」ダニー・ライアンズ――ブロンドの髪、生気のない大きな濁った眼の若者で、三人の情婦に男をとらせていたが、三人とも彼のために街角に立つことを誇りにしていた。何列にも軒をつらねた紅灯の売春宿――その中にはニューイングランドの片田舎の出で、毎年クリスマスイヴの売上金を慈善団体に寄付していた七人姉妹の経営する店もあった。つないだ犬に飢えたどぶ鼠をけしかける見せ物小屋、中国人経営の賭博場。何度も後家の憂き目を見た「赤毛の」ノラのような女――彼女はゴファ組を取りしきっていた全組員自慢の大事な姐御《あねご》だった。ダニー・ライアンズが処刑されたとき喪服を着ていたが、今は亡きこのめくらの男がむかし好きだったのは自分だと喧嘩を吹っかけられ、「おとなしの」マギーに喉を刺されて死んだ「小鳩の」リジーのような女たち。一八六三年、徴兵反対の暴動が荒れ狂った魔の一週間――百もの建物が焼き打ちにあい、ニューヨークは暴徒に占領されそうになった。街頭での暴力団同士の抗争——やくざたちは海で溺れるように、姿が見えなくなったと思うと踏み殺されていた。泥棒で馬殺しのヨスク・ニガーのような男もいた。これらすべてがニューヨーク暗黒街の混乱に満ちた歴史物語を織りなしている。そしてそのもっとも有名な主人公こそ、モンク・イーストマン(別名エドワード・デラニー、ウィリアム・デラニー、ジョウゼフ・マーヴィン、ジョウゼフ・モリス)にほかならない。千二百人の組員を従える顔役だった。

主人公

右に挙げた名前は彼が徐々に正体を晦ますために使った変名で(こう偽名が多くては、誰が誰だかわからない仮面舞踊会での人捜しのように厄介だ)、彼の本当の名前——この世に本当の名前というようなものがあるとして——はその中にも入っていない。ブルックリン区ウィリアムズバーグの戸籍簿には、エドワード・オスタマンと記載されているから、これが本名ということになる。姓の方は後にアメリカ風にイーストマンと変えた。気性の激しいこのならず者は、この世界では珍しいことだが、ユダヤ人であった。彼の父がコウシャを名のるレストランを経営していたのである。コウシャとは、ラビそっくりに豊かなひげをたくわえた男たちが、安心して清浄肉（というのはお祓いをして殺した牛の、血抜きをしたうえに三度洗浄した肉のこと）を食えるところである。一八九二年ごろ、エドワードが十九の時に、父親は彼に小鳥屋を持たせてやった。動物の生活に対する好奇心――彼らの示す小さな決意、彼らの限りない無心への興味――から、生きものを飼うことが彼の生涯の道楽になった。後年、タマニ協会（この名前の建物を本部とする民主党の団体。ニューヨーク市政腐敗の元凶）のそばかす面のお偉方《セイチエム》が送ってよこすハバナ葉巻をにべもなく突っ返したり、できて間もない自動車（ゴンドラの後継ぎにしては不粋なものだった）に乗って最高級の売春宿に出かけたりして、彼が羽ぶりのよかったころの話である。そのころ、彼はふたたび鳥獣店を開いた。しかし今度のは世間の目を欺くための隠れみので、店には百匹の猫と四百羽をこえる鳩が置いてあったが、どれも売り物ではなかった。彼は猫も鳩も店の動物は全部かわいがっていた。幸運な一匹の猫を小脇にかかえ、いそいそと後を追う何匹かを後ろに従えて近所を散歩する彼の姿が、当時よく見られた。

彼は傷だらけの大男である。ずんぐりした猪首、がっしりした胸板、長くて喧嘩早い腕、つぶれた鼻。顔もいちめん傷だらけだが、体ほどにひどくはない。脚は騎手か船乗りのそれのように彎曲している。上衣同様、シャツを着けていないことも珍しくなかったが、ずんぐりした大頭には小さな山高帽が必ずちょこんとのっかっていた。人々は今もそうした彼の記憶を失ってはいない。その証拠に、映画によく出てくるガンマンの風貌は彼をモデルにしている（モデルはカポネではない。カポネはぶよぶよに太っているし、男らしさに欠ける）。ルイス・ウォルハイムがハリウッドに雇われたのも、彼の風貌に亡きモンク・イーストマンを偲ばせるところがあったからだと言われている。イーストマンが縄張りをのし歩くとき、よく肩に大きな青い鳩をとまらせていて、その姿は尻に椋鳥《むくどり》をとまらせた野牛を思わせた。

一八九四年、ニューヨークにはダンスホールがあふれていた。イーストマンはその一つに用心棒として雇われていた。彼が雇われる時のエピソードとしてこういう話が伝わっている。支配人は彼の依頼を断わり、屈強の巨漢二人が彼を追い返そうとした。モンクは彼らを殴り倒し、仕事への適性を証明したのだった。誰の世話にもならず、しかも皆には恐れられながら、彼はこの地位を一八九九年まで保持していた。厄介者を始末するたびに、彼は血腥《ちなまぐさ》い木刀に刻みを入れる。ある晩、独り静かにビールのジョッキを傾けているてかてかの禿頭に目をとめたイーストマンは、いきなり一発くらわせてその男をのしてしまった。あとでその理由をきかれたとき、彼はこう言ったものだ、「五十の刻みにあと一つ足りなかったんでね」

縄張り

一八九九年以後、イーストマンは暗黒街にその名を知られるようになったが、彼はただのやくざではなかった。選挙の時には重点地区の参謀をまかされたし、自分の島もできて遊廓、賭博場、街娼、すり泥棒から冥加金を取りたてるまでになった。ニューヨーク政界のボスたちは、脅しをかけていやがらせをしたいときは彼に頼んできた。それは一般の市民も同じだった。彼が請求した料金表を左に記しておく。

耳を切り落とす　一五ドル
脚をへし折る　一九ドル
脚に弾一発　二五ドル
ドスで突き刺す　二五ドル
大仕事　一〇〇ドル

腕をなまらせないために、時にはイーストマン自ら用件をかたづけた。

縄張り問題(これは国際法を手こずらせる紛争と同じくらい微妙かつ面倒なのである)がこじれて、イーストマンはライバルである有名な親分と敵対するようになった。ピストルの応酬やらはでな殴り合いやらがあって、両者の境界問題は片がついた。しかし、ある朝イーストマンがひとりで自分の島をこえ、ケリーの五人の手下に襲われるという事件が起きる。続けざまに打ちおろすゴリラのような腕力と木刀にものをいわせ、モンクは敵の三人まではたたきのめしたが、自らも腹に二発を撃ち込まれる。敵はそれきり彼が死んだものと思ってひきあげた。イーストマンは痛む傷口を親指と人さし指で押さえ、ふらつく足どりで病院にころがりこむ。数週間というもの、生命力と高熱と死神が彼の命を奪いあった。下手人の身許を訊かれても、彼は頑として口を割らなかった。退院の日も抗争は続いており、一九〇三年八月一九日まで、はなばなしい撃ちあいは止むことがなかった。

リヴィントン街の決闘

警察の前科者名簿の色褪せた写真とはどれも少しずつ違っている百人の英雄たち。ニコチンとアルコールのにおいを発散させている百人の英雄たち。はでなリボンの麦藁帽をかぶった百人の英雄たち。よからぬ病気、虫歯、喘息、腎臓病を病む(程度はさまざまだが)百人の英雄たち。トロイア戦争やフニンの戦い(ペルー(副王領)独立の激戦。ボルヘス母方の曽祖父イシドロ・スアレス大尉が指揮した)の英雄と同じくらい無名の、あるいは栄光の、百人の英雄たち。高架鉄道のアーチの蔭で、彼らは無法の武勲を競いあう。ケリーのヒットマン数名が、イーストマンの手下が経営する賭博場に攻撃をしかけてきたのがそもそもの発端。ヒットマンの一人が殺され、やがて無数の拳銃が火を吹きあう大乱闘へと発展する。高架鉄道の柱の蔭に身をひそめ、ひげ剃りあともなまなましい男たちが無言でうちまくる。やがて血気にはやる応援部隊が借りものの車で乗りつけ、めいめいはじきを手にして恐怖の包囲網を敷く。

乱闘の英雄たちはこの時なにを思っていたか。まず第一に(わたしの推測では)、百の拳銃から気ちがいじみた唸りをたてて飛びかう弾が、いまにも自分をうち殺すだろうという動物的確信。第二に(わたしの推測では)、最初の弾がそれたらそれから後は不死身だという、先の確信と同じくらいまちがった確信。しかしながら、推測ぬきの確かなことを言えば、彼らはその後鉄柱に身をひそめ、夜陰を利してとことん戦ったのである。警察が二度わって入ろうとしたが、二度とも押し返された。夜が白みそめるころ、戦いはぷっつり止んだ。まるで何か猥褻なことをしていたみたいに、あるいは彼らが幽霊でもあったように。高架鉄道の大きなアーチの下には、七人の重傷者、四人の死体、それに一羽の鳩の死骸が残されていた。

破滅のきしみ

ニューヨーク政界のボスたちは、陰ではモンク・イーストマンを利用しながら、おおやけにはつねにこうした暴力団の存在を否定するか、さもなければあれは賭博愛好家の集団にすぎないのだといった苦しい言いわけをしてきた。しかし、リヴィントン街でイーストマンに馬鹿な撃ちあいをやらかされたときは、さすがに彼らもあわてた。休戦の必要性を通告するため、彼らは両首脳を召喚した。ケリーは(警察の力を抑えこむには、コルトを何丁束にしたよりも、タマニ協会の方がものを言うことを知っていた)すぐさま応じてきた。しかしイーストマンの方は(巨体の誇りが許さず)銃撃の応酬と喧嘩の続行を望んだ。彼が説得に応じようとしないので、ボスたちはムショ行きをにおわせておどしをかけねばならなかった。やっとのことで、とある酒場を借りて、有名な二人の顔役の会見が実現の運びとなる。二人とも大きな葉巻をくわえ、右手には拳銃を隠しもつ。まわりは油断なく身構えた子分たちがびっしり取り囲んでいる。会見はいかにもアメリカ的な決着を見て終わった。拳闘で話をつけようというのである。ケリーは老練のボクサーだった。決闘は倉庫で行なわれたが、なんとも型破りなものだった。百四十人の手下どもがリングを囲んで観戦する。なかには折れ曲がった山高帽をかぶり、今にも崩れそうなくらい高く髪を結った情婦をつれているのがいる。帽子にははじきが隠されていたのだ。二人は二時間殴りあったが、最後は完全にへばってしまい、引き分けに終わった。それから一週間もたたないうちに、また撃ち合いが再開され、モンクは逮捕された——これがn度目の。タマニ協会もほっとして彼と縁を切る。裁判官は十年の懲役というしごく公平な判決を下した。

イーストマン対ドイツ

身のふり方を決めかねたまま、モンクがシンシン刑務所を出獄したとき、千二百人もの手下がいた組は分解してしまっていた。再統合する力もないまま、彼はまた一人で仕事を始めた。一九一七年九月八日、公道で騒動をひきおこしたかどにより、彼はまたもや逮捕された。翌日、もっと大きな騒動に一枚加えてもらおうと思いたち、歩兵連隊に入隊する。

従軍中の彼のさまざまな奇行をわれわれは知っている。敵を捕虜にすることに彼が激しく反対したこと、ある時などこのなげかわしい慣行の邪魔だてをした(といっても、ライフル銃の台尻をふりまわしただけだが)ことを知っている。われわれは彼が監視の目をくぐって病院をぬけだし、前線に戻っていったことを知っているし、彼がモンフォーコンの戦いで武勲をたてたことも知っている。われわれはまた、彼が後になって次のような意味の述懐をしたことを知っている――バワリー通りの小さなダンスホールのほうが、ヨーロッパの戦場よりずっと手ごわい。

謎の、しかし辻褄のあった最後

一九二〇年一二月二五日、モンク・イーストマンの死体が、ニューヨークの繁華街で明け方に発見された。体には五カ所にピストルで撃たれた傷あとがあった。幸福なことに、死んでいることがわからず、一匹の野良猫がいぶかしそうに死体のまわりをうろついていた。

ビル・ハリガン——動機なき殺人者

アリゾナの荒野と言えばまず第一に浮かんでくるイメージ（つまりアリゾナ、ニューメキシコの荒野のイメージだが）——有名な金鉱と銀鉱、めくるめくほどに広漠とした自然、巨大なメーサと繊細な色彩、禿鷹に啄《ついば》まれ、白く輝いている骸骨。これらのイメージにもうひとつ、ビリー・ザ・キッドのイメージが重なりあう。精悍不動の騎馬姿、荒野を驚かす無情の六連発銃を手にしたガンマン——弾はまるで魔法のように遠くから飛んできて音もなく人を殺した。

金属の鉱脈が縦横に走り、乾燥してぎらぎらと明るい砂漠。二十一で死んだとき、大人の正義に借財として二十一の殺し（「メキシコ野郎は勘定に入れないで」）を負うていた子供同然の青年。

幼虫期

のちにビリー・ザ・キッド(「餓鬼の」ビリー)としてその名を知られ、恐怖と栄光を独り占めしたこの男は、一八五九年ごろニューヨークの安アパートの地下室に生まれた。アイルランド女の萎《しな》びた腹からひり出されたらしいが、彼が育ったのは黒人街である。いやな体臭とちぢれ毛のこの混沌とした世界で、そばかすの浮いた白い肌とふさふさした赤毛を所有することから生まれる優越感を存分に味わって育った。白人であることだけが誇りだったのだ。痩せて我儘で乱暴な子供だった。十二の時はもう《泥沼の天使》に入って活躍していた。天上ならぬ下水道を根城に暴れまわっていた神々の一団である。熱風のような霧がたちこめる夜、彼らはこの悪臭すさまじい迷宮をはいだし、ドイツ人水夫のあとをつけ、頭を殴りつけて身ぐるみ剝ぎとってはまたうす汚い出発地へ戻っていく。彼らの親玉は白髪の黒人で、「ガス工場の」ジョウナスと言ったが、この男は馬殺しとしても有名だった。

川べりの家の張出し窓から、ときどき女がバケツの灰を通行人にぶちまける。男が喉をつまらせてむせんでいる間に、泥沼の天使たちが襲いかかり、彼を地下室に押しこんで金品を強奪する。

ビリー・ザ・キッドことビル・ハリガンの徒弟時代はこうして過ごされた。彼はまた芝居小屋にも足を運んだ。カウボーイを主人公にしたメロドラマがことのほかお気に入りだったが、それが彼の運命を象徴しているとはおそらく知るよしもなかったであろう。

西部《ゴー・ウェスト》へ！

ぎっしり満員のバワリーの芝居小屋では（柄の悪い連中は、開幕が一分でも遅れようものなら、「そこのぼろ布をどけろ」とがなりたてたものだ）、カウボーイやガンマンを主人公にしたメロドラマが多かったが、それは当時のアメリカが西部の魅力にとり憑かれていたからだ。陽の沈む向こうに行けば、ネヴァダとカリフォルニアの金鉱がある。陽の沈む向こうでは、アメリカ杉の大木が切り倒されるのを待っている。バッファローの凶悪な顔、ブリガム・ヤングのビーバー帽と一夫多妻（ヤングはモルモン教の事実上の始祖。当時は一夫多妻を公認していた）、インディアンの儀式と復讐、砂漠の澄んだ空気、果てしなくひろがる平原、身近に感じる原始の大地（それは海の近くにいるときのように人を生き返らせる）。まさしく西部は呼んでいたのだ。徐々にしかし着実に噂はひろがっていった——もう何千という人たちが西部に移住したそうだ。一八七二年ごろ、その移住者の列にビル・ハリガンがいる。彼の行動は蛇のようにあてにならないが、何を思ったか今度は四角四面の窮屈なアパートを飛び出したのである。

メキシコ人をたたきのめす

歴史は（あるタイプの映画監督がやるように、唐突なシーンの連続で進行していくものだが）、今度は荒海さながらの狂暴な砂漠の真ん中にある、危険な酒場の場面を映しだす。時は一八七三年の風吹きすさぶ夜。所はニューメキシコの牧畜地帯《ラーノエスタカード》。見わたすかぎり、土地は不気味なまでに平坦だが、厚い嵐雲と月影におおわれた空にはいちめんに亀裂がはしり、山が顔をのぞかせている。酒場の外に牛の頭蓋骨が一つころがっている。暗がりでコヨーテが鳴き、眼を光らせる。手入れの行きとどいた馬が何頭かつながれている。店からは細長い光が一条洩れている。店の中では、逞しい大男たちが疲れた様子でカウンターに寄りかかり、喧嘩にそなえて酒をあおる。手には蛇と鷲を浮き出した大きな銀貨をこれ見よがしにもてあそんでいる。よっぱらいが一人無表情に歌をうたっている。男たちの中にやたらとsの音が耳につく言葉をしゃべっているのが何人かいる。スペイン語にちがいない。周りから無視されているような連中だから。ニューヨークの安アパートに生まれた赤毛のどぶねずみビル・ハリガンが、酒飲みたちにまじってカウンターによりかかっている。アグアルディエンテをすでに二、三杯飲みほしている。もう一杯追加を頼もうかとためらう。懐にはもう一セントもないのである。彼は砂漠の男たちに圧倒されている。やることなすこと、堂々としてにぎやかで屈託がない。暴れ牛や荒れ馬を扱うところなど小憎らしいほどにうまいのだ。とつぜん店内がしんと静まりかえる。聞こえるのは、調子はずれに歌っているさっきのよっぱらいの声だけ。誰かが入ってきた。逞しい大男のメキシコ人。インディアンの老婆の顔だち。頭にはばかでかいソンブレロ、腰には二丁拳銃の派手ないでたち。耳ざわりな英語で酒を飲んでいるアメ公たちに夜の挨拶をする。誰も挑戦に応じない。ビルはそばの男たちにこの男が誰かを尋ねる。一人がふるえる声でチワワのベリサリオ・ビリャグランだと囁く。だしぬけに銃声が鳴り響く。大男たちの陰にかくれて、ビルがこの邪魔者を撃ったのである。ビリャグランの手からグラスが落ち、続いて男が倒れる。一発で充分だった。死んだ野郎には目もくれないで、ビルは先の会話を続ける。「あ、そう」と気どった言い方。*「おれビリー・ザ・キッドてんだ。ニューヨークのな」よっぱらいは歌いつづける。誰もきいてはいない。

彼が一躍ヒーローにまつりあげられたことは、誰にも察しがつくだろう。ビルはだれかれとなく握手をし、讃辞と喚声とウィスキーを受ける。ある男が彼の拳銃の把っ手に刻みが一つも入っていないことに気づき、ビリャグランをやった記念に一つ入れさせてくれともちかける。ビリー・ザ・キッドはこの男が差しだしたナイフをおしとどめ、こう言う、「メキシコ野郎のなんか、いちいち刻みを入れることあねえやな」。これで終わりにするのはちょっともの足りない。だから——その夜ビルは死体のそばに毛布をしき、明け方までそこで眠った、どうだ見てくれと言わんばかりに。

殺人のための殺人

この幸運の一発で（ビル十四の時の）、英雄ビリー・ザ・キッドが誕生し、けちな悪餓鬼ビル・ハリガンは死んだ。下水道を根城にして、待伏せ強盗を専門にしていた少年ギャングは逞しい西部辺境の男に成長したのである。彼はひとりで馬の扱い方を覚えたし、オレゴンやカリフォルニアでやるように上体をうしろへ倒した騎《の》り方ではなく、鞍に直角に坐る騎乗法（ワイオミング流またはテキサス流）も身につけた。彼はけっして伝説のような男ではなかったが、それに近づいてはいたのだ。しかし、ニューヨークの不良少年は、どうしても西部のカウボーイになりきれない。むかし黒人に注ぎこんでいた憎しみを、彼はメキシコ人に転嫁する——もっとも、彼が死にさいして口にした言葉（呪い

＊ Is that so?, he drawled.（原註）

の)はスペイン語だったが。彼は牛飼いの気ままな生活技術を身につけたし、それよりももっとむずかしい技術——人間操縦法——も覚えた。両者は彼を優秀な牛泥棒に仕立てあげるのに役立った。メキシコのギターと売春窟が時どき彼を誘惑した。

彼は不眠症(頭の芯《しん》がいつまでも冴えている)に悩まされ、人を大勢集めてはどんちゃん騒ぎをやらかす。ばか騒ぎが四日四晩続くことも珍しくなかった。そうしてうんざりした挙句には、勘定も拳銃で済ますのがお定まりだった。右手人さし指が頼りになったこのころは、彼は西部辺境で最も恐れられた(そしておそらくは最も無名で最も孤独な)男だった。彼の友人で、後に彼を殺すことになる保安官パット・ガレットは彼にむかってこう言ったことがある——「おれはバッファローを撃ってライフルの練習をつんだ」。ビリーはおとなしく答える、「おれはなあ、いっぱい人間を撃って六連発銃《はじき》の腕をみがいたさ」

これについての詳細はもはや復元するすべがない。しかし、彼の手になる殺しが二十一あること(「メキシコ野郎は勘定に入れないで」)はわかっている。命知らずの七年間、彼は無頼の限りをつくした。

一八八〇年七月二五日の夜、ビリー・ザ・キッドはフォート・サムナーの本町通り(というより、これが唯一の通りだったかもしれないが)を栗糟毛《くりかすげ》にまたがって駆けてくる。むっとするような暑い日で、どの家にもまだ灯はともされていなかった。ポーチに出てロッキング・チェアに坐っていたガレット保安官はキッドを見るなり、拳銃をぬいて腹を撃った。馬は走りつづけ、乗っていた男は道の砂埃《すなぼこり》の中にころがり落ちる。ガレットが二発目を撃つ。町の人たちは(撃たれたのがビリー・ザ・キッドであることは見なくてもわかっているので)窓の閂《かんぬき》を固くとざす。苦痛の呻き声はいつまでも続き、あいまあいまに呪いの言葉が聞こえた。翌朝、陽も高くなったころ、人々は彼のそばに近寄り、銃を取りあげた。男はもう死んでいた。死体には死者特有の無用の木偶《でく》という感じが漂っていた。

彼はひげを剃られ間にあわせの服を着せられて、フォート・サムナーで一番立派な店の飾り窓にさらしものになり、人々の畏怖と嘲笑の的になった。

何マイルも離れた遠方から、馬や馬車で見物人がやってきた。三日目には死体に化粧がほどこされた。四日目、歓呼のどよめく中を彼は葬られた。

吉良上野介——傲慢な式部官長

この物語の不名誉な主人公は、その名を吉良上野介という。彼は赤穂《あこう》の城主に屈辱と死をもたらした横柄な式部官長であり、自ら招いた仇討《あだうち》が現実となったとき、潔く切腹することを（それは身分ある者の作法として当然の義務であったにもかかわらず）肯《がえん》じなかった不幸な役人である。とはいえ、彼は全人類の感謝を受けるに値する。彼はある人々に高貴な忠誠心をよび醒まし、永遠不滅の壮挙に不可欠の、不吉な事件を用意した張本人なのだから。磁器や青金石や蒔絵《まきえ》に描かれているのはもちろん、あわせて百近い小説、研究書、博士論文、芝居が彼らの勲《いさおし》を讃える。またこの物語は現代の万能芸術、映画にもたびたび取りあげられている。「実録忠臣蔵」（というのがその題であるが）は日本映画界の汲めども尽きぬ霊感の源泉、まさに「獨參湯《どくじんとう》」なのである。こと細かに調べあげられ、こうした熱狂的な関心に裏打ちされて、事件はあまねく知れわたっている。この名声は、しかしながら、はたしてそこに正当な根拠があるのかどうかという通常の疑問を超越している。この事件を知るや、人はただちにそれが正当であると感じる。

わたしはA・B・ミトフォードの叙述に依拠しているが、彼は読者の注意を本題からそらす地方色の混入を避け、ひたすらこの栄光の物語の筋を追うことにつとめている。「東洋趣味《オリエンタリズム》」のこの見事な欠落がかえって、わたしが読んでいるのは日本語の原典に直接あたった翻訳であるという確信をいだかせる。

ほどけた紐

いまは昔一七〇二年の春、名高い赤穂の城主浅野内匠頭《たくみのかみ》は天皇の使節を接待し饗応する役に任じられた。二千三百年におよぶ(と言ってもその一部は神話である)洗練された作法が、その場合に行なわるべき儀式をことこまかに定めていた。使節は天皇を代表していたが、代表の仕方はあくまで間接的な象徴にとどまらねばならず、この点はやりすぎてもいけないし、なおざりにしてもいけない、はなはだ微妙なところであった。へたをすればたちまち一命にかかわる大役を無事つとめさせるべく、勅使の下向に先だって、江戸の宮廷からは作法指南役として高官が派遣されていた。はなやかな宮廷から遠ざかり、辺鄙《へんぴ》の地で流謫に等しい日々を送らされていたこの高官吉良上野介は、作法の指導にはまったく身を入れなかった。彼の居丈高な口のきき方は、時として傲岸不遜の調子をおびる。生徒である赤穂城主はこの無礼な態度を無視しようとした。彼はそうした態度のうまいあしらい方を知らなかったし、いまはなんとしても役目を果さなければという強い義務感が、何によらずあらけない行動に出ようとする衝動を抑えていた。しかしながら、ついに事件が起きた。ある日先生の沓《くつ》の紐がほどけ、生徒はそれを結びなおすように言いつけられる。腹の中は怒りで煮えくりかえっていたが、内匠頭はそれをこらえて言いつけに従った。無礼な礼儀指南役はその時こう言った、「ほんとに教え甲斐のないご仁じゃ。小百姓でも、もそっとはましな結びかたをするじゃろうて」。城主は脇から短刀を抜き、先生の顔めがけて斬りつける。上野介は逃げ去った――額に血が一筋滲んだだけだった。数日後、武家評定所の審議が終わり、内匠頭は切腹と決まった。赤穂城本丸の中庭に緋毛氈の敷かれた高壇が設けられ、切腹を申しつけられた内匠頭が姿をあらわす。柄に宝石を鏤《ちりば》めた短剣を手渡されたあと、彼は公に自らの非を認める。ついでもろ肌脱ぎになって、形どおり腹を十文字に切り、自ら臓腑をひきだして侍らしく死んでいった。緋毛氈のために、遠くにいる見物人には血が見えなかった。白髪の実直そうな男——これは家老の大石内蔵助で、この日主君の介錯人をつとめた——が、刀を一閃させて首を斬り落とした。

悪役を演じる

内匠頭の城は没収され、家臣たちは離散し、一族は零落の憂き目をみる。その名は呪詛の的になった。主君自害の夜に四十七人の家臣たちが山頂に会合し、やがて一年後に起こる出来事の一部始終を詳細に計画した——これが巷間の俗説である。しかし真相を言えば、彼らは用心ぶかく一歩一歩ことを進めなければならなかったのであり、また会合は時として、険しい山頂ではなく、森の中の神社で――鏡をはめこんだ四角い箱のほかは何ひとつ飾りのない、みすぼらしい白木造りの社殿で――行なわれたのである。彼らは復讐を願っていたが、復讐は彼らにとって夢のまた夢、とても手の届かないことに思えたにちがいない。

いまや憎悪の的となった作法指南役吉良上野介は、邸の守りを固める。外に出るときは、弓や剣の達人が駕籠のまわりをとり囲んだ。彼はまた実直で忠勤をはげみ、忍びの術にも長《た》けた間者《かんじゃ》を雇い入れた。彼らがもっとも目を光らせて探っていたのは、復讐者の首魁と目される家老内蔵助であった。内蔵助自身がこのことを知ったのはまったくの偶然からであったが、それ以後彼はこの事実にもとづいて仇討の計画を進めていく。

内蔵助は居を京都に移した。この町はこと秋景色にかけては、国中にその類を見ない美しいところである。彼は遊廓や賭場や飲屋に入りびたる。髪はすでに白くなっていたが、女郎や詩人やいかがわしい連中と交わった。ある時など、飲屋から追い出されるなり横になって寝込んでしまい、自分の吐いたへどに顔をまみらせたまま、店先で一晩を明かした。

たまたまそこを通りかかって、この醜態を目撃した薩摩藩士がある。「誰かと思えば、亡き浅野内匠頭が家老大石内蔵助殿ではござらぬか。ご主君切腹の介錯までつとめながら、仇討の大志を忘れ、酒と女にうつつをぬかすとはあきれはてて開いた口もふさがらぬ。おぬしなど武士の風上にも置けぬわ」

無念と憤りから吐き捨てるようにこう呟くと、侍は内蔵助の寝顔を踏みにじり、唾をはきかけた。間者がこの内蔵助放蕩の顚末を報告したとき、上野介は大きな安堵のため息を洩らした。

ことはこれで終わったわけではない。家老は妻を離縁して下の息子とともに里へ帰し、遊廓の女を身請けして妾にした。有名なこの破廉恥な行動が敵の心をよろこばせ、警戒心を弛めさせる。上野介は警固に雇い入れた用心棒の半数に暇を出した。

一七〇三年冬の身を切るような寒い夜、四十七人の家臣たちは江戸の町はずれ、橋と花札工場に続く殺風景な庭園に集合した。彼らはそこから主君の家紋をしるした幟を立てて行進した。襲撃に先立って、敵の邸に隣接する諸家に挨拶し、彼らが押し込み強盗でも無頼の徒党でもないこと、正義の名において仇討の一戦を交えるむねを告げ知らせた。

傷痕

一行は二手に分かれて吉良邸を襲った。家老が第一隊を率いて正門を襲撃する。第二隊を指揮したのは家老の長男であったが、彼はこの時やっと十六になろうという若さ、そしてその夜死んでいった。鮮烈な悪夢にも似た、その夜のさまざまな一瞬一瞬を歴史は記録にとどめている。縄ばしごにぶらさがって中庭へ降りていく侵入者たち。攻撃の開始を告げる陣太鼓。堰を切ったようにどどっと現われる警固の家人たち。屋上に陣どる弓手。矢は逸れることなく急所に突き刺さり、庭に置かれた白磁に鮮血がしたたる。死が燃えあがり、凍っていく。殺戮の放縦と混沌——九人の家臣が命を落とした。守る側も負けず劣らず勇敢で、いっかな降参しようとはしなかった。真夜中すぎに、しかしながら、いっさいの抵抗は終熄した。

この忠義の発揚の忌わしい原因、吉良上野介の姿がどこにも見当たらない。家臣たちは邸内をくまなく捜したが、目に入るのは泣いている女子供ばかり。こうして彼らが諦めかけたころ、家老は式部官長の蒲団にまだぬくもりがあることに気づく。探索が再開され、やがて銅鏡の裏側に、それに隠れるようにして小窓がつけられているのが発見された。その下の仄暗い小さな中庭から、白装束の男が彼らを見上げている。震える右手には刀が握られていたが、彼らが下りていくと、男はおとなしく降参した。男の額にはまだ傷痕が残っていた――内匠頭の刀が刻んだあの古いエッチングが。

血を浴びた侵入者たちは憎き敵の前にひざまずき、彼らが旧赤穂城主の家来であることと、式部官長はその死の責めを負うべきであることを告げて、貴殿も武士のはしくれならば、侍らしい潔いご切腹を、と迫る。

こういう卑劣な精神の持ち主に武士の作法を教えてみてもはじまらない。上野介は廉恥心などおよそ無縁の人物だったのだ。夜が白みそめるころ、浪士たちはやむを得ず彼を斬らねばならなかった。

忠義の証拠

仇討の本懐を遂げて(といって彼らには怒りも興奮も憐みもなかったが)、家臣たちは主君の遺骸がねむる寺院へおもむく。

手桶に吉良上野介の首級を入れて運んでいたが、まだ夢のことのように思われるのか、かわるがわるそれを覗きこむ。彼らはすっかり明るくなった江戸町はずれの田舎道を進んでいった。沿道では人々が祝福の言葉と涙を贈る。仙台藩主が接待を申し出たが、彼らは主君が二年近くも待ち焦がれておられる旨を申し述べて鄭重にことわった。家臣たちはひっそりと立つ主君の墓にいたり、敵《かたき》の首《しるし》を供物としてそなえた。

武家評定所の判決が下り、浪士たちは予期したものを与えられた。自殺の特権をゆるされたのである。みんな切腹していった——ある者は燃えるような平静さで。彼らは主君のかたわらに葬られた。老若男女を問わず大勢の人々が、これら忠義のまことを尽くした者たちの墓に詣でた。

薩摩侍

その中に一人の若い侍がいた。埃にまみれ憔悴した姿は、長旅を如実に物語っている。侍は大石内蔵助の墓石のところに来るとその前にひれ伏し、声高にこう言った。「京の遊女屋の門先で酔いつぶれておられるのをお見かけした者です。あの時はあなたさまが御主君の恨みを晴らさんと謀りごとをめぐらしておられるなどとは、つゆ思いませんでした。不忠の臣と思い、唾まではきかけました。今日はその償いをさせていただきます」。こう言うなり、侍は切腹して果てた。

寺院の住職は若者のふるまいをあわれに思い、亡骸を浪士たちのそばに葬ってやった。

四十七人の義士たちの物語はこれでおしまいである。しかし、われわれにとってこの物語が終わることはない。われわれは言葉をもって彼らを讃えつづけるだろう。忠義の何たるかを身をもって示すことはできなくても、そうありたいというひそかな願いは捨て去ることがないだろうから。

メルヴのハキム――仮面をかぶった染物師

アンヘリカ・オカンポに

わたしの間違いでなければ、ホラーサーンのヴェール(正確には仮面)の予言者アル・モカンナに関する一次的な情報源は四つしかない。(a)バラドゥリが抜き書きした『カリフの歴史』からの数節。(b)アッバース朝の史官イブン・アビ・タイル・タルフルの手になる『巨人の便覧』、別名『精密と修正の書』。(c)『薔薇の根絶』と題するアラビア語の古写本。この中では《仮面予言者》の聖なる書物であった『黒薔薇』(別名『隠れ薔薇』)の忌わしい異端邪説が論破されている。(d)トランスカスピアン鉄道の開削工事中に技師アンドルーソフが発掘した、肖像のない硬貨数枚。これらの硬貨は現在テヘランの古銭博物館に収蔵されているが、それらにはペルシアの二行詩が刻印されていて、

『根絶』の諸節を要約もしくは修正している。『薔薇』の原本は散佚してすでにない。一八九九年に発見され、「モルゲンレンディシェス・アルヒーフ」が軽率にも公表したその写本と称するものは、まずホーンによって、ついでサー・パーシー・サイクスによって偽物と断定された。

仮面予言者が西洋で知られるようになったのは、トマス・ムアの饒舌な物語詩による。これは東洋への郷愁とため息に充ち満ちたアイルランド人策士の作品である。

紅色の染料

逃避《ヒジュラ》の一二〇年(西暦七三六年)、一人の男児がトルキスタンで呱々《ここ》の声をあげた。この男こそ、その時代その地方の人々から《ヴェールの予言者》とよばれるようになった人物ハキムである。彼の生まれ故郷メルヴは古い町で、果樹園や葡萄畑や牧場が悲しそうに砂漠を見つめている。町の昼さがり、砂漠から吹きよせる砂塵は人々の息をつまらせ、黒々とした葡萄の房にうっすらと灰色の膜をかぶせる。しかし、砂塵が襲ってこないかぎり、町はめくるめくばかりに白く輝いている。
ハキムはこの退屈な町で成長した。彼が伯父のもとで、染物師の修業をしたことをわれわれは知っている。この商売は神を畏れず偽装と変節を愛する者の仕事だが、この仕事が彼の放埒な経歴の最初の呪詛を思いつかせた。『薔薇の根絶』の有名なページの中で彼は次のように言っている。

わたしの顔はいま金色に輝いている。むかしまだ若かったころ、わたしは染料を溶かしては二晩目に末梳毛《みそもう》を染め、三晩目に加工毛を染めるという仕事をしていた。諸国の皇帝たちはいまもこの深紅の織物をきそって求める。被造物の本当の色を攪乱することで、わたしは罪を犯したのだ。羊は虎の色をしていないと天使が言えば、悪魔はいや全能の神はそうしたいと思っているし、現におまえの技術と染料を利用しているではないかと言う。天使も悪魔も真実から逸脱していたこと、色というものはすべて厭わしいものであることが、いまのわたしにはわかっている。

逃避《ヒジュラ》の一四六年、メルヴにハキムの姿はない。彼の使っていた大釜や染色桶は壊され、シラーズ剣や銅鏡と一緒に捨てられていた。

牡牛

一五八年シャバンの月の終わり、砂漠の空気は澄みきっていた。メルヴに向かう途中にあるキャラバン休息所の入口のところで、男たちが西の空を見上げている。彼らはラマダンの月を探していたのである。この月は、禁欲と断食を促す。男たちは奴隷、乞食、馬喰、駱駝泥棒、家畜屠殺人であった。厳粛な面もちで地上にうずくまったまま、彼らは徴《しる》しが現われるのを待った。彼らは夕陽を眺める。夕陽は砂の色をしていた。

ぎらぎらと光る砂漠(この砂漠に照りつける太陽は熱病を生む。ちょうどこの地の月が悪寒の原因となるように)の遥かむこうから、三つの人影がこちらに向かって近づいてくるのを彼らは認めた。人影は巨人のそれかと思われるほどに大きく、三人とも男だった。真ん中の男は牡牛の顔をしている。三人が間近《まぢか》になったとき、この男が仮面をつけていて、連れの二人はめしいであることがわかった。

坐っていた男の一人が（『千夜一夜物語』の聞き手がやるように）、「道中のおつれが二人ともめくらとは珍しい。これにはさだめし深いわけがおありであろうな」と仮面の男に問いかける。「二人が仮面の奥にあるわたしの顔を見たからだ」、訊かれた男は答えた。

豹

砂漠のむこうから来た男（彼は並はずれて美しい声をしていた。あるいは彼が獣の仮面をつけていたためにそう思われただけかもしれないが）は、休息所にいた男たちに向かって次のように言ったとアッバース朝の史官は伝えている。おまえたちは断食月の徴しを待っている。しかしわたしはもっと大きな徴し――悔悛の生涯と殉教の死の徴し――を説く予言者なのだ、と。彼はまたこうも言った――わたしはオスマンの息子ハキムである。逃避《ヒジュラ》の一四六年、ある男がわたしの家へやってきて、禊《みそぎ》と祈りをしたあと刀でわたしの首を刎《は》ね、それを天上へ運んだ。この男（それは天使ガブリエルというのだが)の右手につかまれて、わたしの首は至上天におわします主の前に差しだされた。主はわたしの首に予言の使命と復唱したとたん唇が焼けただれるような古い言葉をお教えになり、また人間の眼が耐えることのできない光輝をお与えになった。わたしが仮面をつけているのはこのためなのだ。地上の人間がすべて新しい律法を信仰するとき、わたしの顔は人々の前に顕わにされ、彼らはそれを公然と拝むことができるであろう——天使たちがすでにそうしているように。ハキムは己れの使命をこう宣べると、男たちに聖戦《ジハド》と来たるべき殉教に加わるように勧めた。

奴隷、乞食、馬喰、駱駝泥棒、それに屠殺人たちは彼の勧めを斥ける。「魔術師だ!」と叫んだ者がいる。ある者は「山師め!」と罵った。

彼らの中に豹をつれている者がいた。この豹もおそらくペルシアの猟師が調教する、しなやかで獰猛な品種だったのだろう。豹が鎖をきってしまった。仮面の予言者と二人の従者を除き、男たちはたがいに踏みつけあいながら、われ先にと逃げだした。彼らが戻ってきたとき、予言者は獣を盲目にしていた。うつろに輝くだけで視力を失った豹の眼を前にして、男たちはハキムを拝み、彼の超能力を認めた。

ヴェールの予言者

アッバース朝の年代記作者は「ヴェールをした」ハキムのホラーサーンにおける叛乱を、あまり気乗りのしない様子で書き記している。当時ホラーサーンは、この地方でもっとも有名な首領が叛乱に敗れて処刑された後で、民衆は大いに動揺していたが、《輝く顔》が現われると、すてばちな激しさで彼の教えにとびつき、血と黄金を貢ぎとして捧げた。（この頃にはハキムは獣の仮面をやめ、かわりに宝石を飾りつけ、白絹を四重にかさねたヴェールをかぶっていた。当時の朝廷バヌー・アッバースを象徴する色は黒である。顔を被うヴェール、軍旗、ターバンの色として、ハキムはそれとは正反対の色――白――を選んだ。）叛乱のすべりだしは上乗だった。『精密の書』では、もちろんカリフの軍隊はいたるところで勝利をおさめている。しかし、こうした勝利の結果がきまって将軍の更迭であり、堅固な要塞の放棄であることを知れば、用心ぶかい読者はことの真相を察しられるだろう。一六一年ラージャブの月の終わり、有名なニシャプールの町も仮面の人の前にその鋼鉄の城門を開く。一六二二年の初めには、アステラバードの町がそれにならった。ハキム自身の軍事行動といえば（もう一人の、より幸せな予言者の場合と同じように）、戦闘の真っ最中に赤茶色の駱駝の背にまたがり、高い声で神に向かって捧げる祈りだけであった。彼のまわりでは矢がうなりをあげて飛びかっていたが、一度として彼にあたったことはなかった――あえて危険を招いていたように思われるにもかかわらず。夜になると居館のまわりに、厭われ者の癩病人たちが集まってきた。ハキムは彼らを中に入れさせ、くちづけをし金を与えた。

政治むきの面倒な仕事は、彼の教えに帰依する弟子六、七人の手に委ねられた。静謐と瞑想を常に心がける予言者は、ハーレムに百十四人の盲の女をかこっていた。彼の聖なるからだの要求を満足させるためだった。

忌わしい鏡

その言行が少々野放図で危険な場合でも、正統信仰と抵触しないかぎり、イスラム教は神の教えに帰依する者に対して寛大である。ふつうであれば、予言者自身もおそらくこうした無関心の恩恵をよろこんで受けていただろう。しかし、彼の弟子たち、数々の戦勝、カリフ(当時ムハンマド・アル・マーディ)のあらわな激怒――これらがついに彼を異端へと追いやった。この正統信仰からの逸脱こそ、彼の破滅の原因となるのであるが、それより先彼は自らの信仰教義を箇条書きにして明らかにしていた。その中には古代キリスト教グノーシス派の思想も取り入れられており、その証拠は歴然としておおうべくもない。

ハキムの宇宙観の根柢には、亡霊としての神という観念がある。この神には名前と顔がないばかりか、その起源も杳《よう》として知れない。それは不変の神であるが、その姿は九つの影をおとす。九つの影はうながされて天地の創造にとりくみ、まず第一天を構想しそれを統轄する。この造物主《デミウルゴス》の第一の冠から天使、能天使、座天使たちを従えて第二天が生まれ、これらの天使たちが下級の第三天を作ったが、これは第一天と相称をなす鏡である。第二天の天使団は第三天に反映され、反映された第三天はさらに下級の天に反映されるというようにして、最後は九百九十九を数える。この最下位天の主がわれわれを統《す》べるもの——影の影のまた影——であって、彼の分有する神性はほとんど無に等しい。

われわれの住む世界はひとつの過失、不様なパロディである。鏡と父親はパロディを増殖し、肯定するがゆえに忌むべきものである。それゆえそれを厭離《おんり》することこそ第一の美徳であり、二つの行動規範がわれわれをその美徳へ導く。（そのいずれをとるかについては、予言者はわれわれの自由な判断に任せている。）禁欲か放蕩か、肉欲の充足かその抑制か。

ハキムが提示する天国と地獄も、その現実観におとらず絶望的である。

わたしの言葉を否定し、わたしの宝飾のヴェールと顔を否定するものは（『隠れ薔薇』の呪いは続く）、驚異の地獄を約束される。彼らはおのおの、九百九十九の燃え熾《さか》る王国を支配するだろう。さらにおのおのの王国の中で、九百九十九の燃え熾る山を、おのおのの山で九百九十九の燃える城を、おのおのの城で九百九十九の燃える寝室を、おのおのの寝室で九百九十九の燃える寝台を支配するだろう。またおのおのの寝台には生前の自分がいて、自分と同じ顔、同じ声をした九百九十九の燃える人影によって永遠に拷問の責苦を受けるだろう。

この地獄観は別の一節によっても裏書きされる。

この世において、おまえたちは一つの肉体において苦しむ。死と応報の時には、無数の肉体において苦しむだろう。

天国は地獄ほど明確には描かれていない。

その夜は果てることがなく、そこには石でできた泉がある。この天国の歓びは、別離と断念と睡りに生きていることを知る者の特異な歓びである。

顔

逃避《ヒジュラ》の一六三年（《輝面》の第五年）、ハキムはサナムでカリフの軍勢に包囲された。糧食にも殉教者にも不足してはいなかった。それに彼を救援すべく、輝く天使の大軍がいまにも到着するだろう。恐ろしい噂が要塞中にひろまったのはこの時である。密通の罪を犯したハレムの女が宦官に絞め殺されるとき、予言者の右手の薬指が欠けていること、残りの指も全部爪がぬけ落ちていることを暴露したのである。この噂は信者たちの間にひろまった。真っ昼間、露台の上でハキムは勝利かそれとも何か特別の徴しを求めて、己れの帰依する神に祈りを捧げていた。二人の指揮官が頭を垂れたまま、まるで篠つく雨の中を進んでいくように、ハキムに近寄ってきたかと思うといきなりヴェールをひきちぎった。

最初、誰のからだにも驚愕の戦慄が走った。教祖の約束の顔、かつて天に上った顔は蒼白だった――しかし、その白さは斑点の浮いた癩病者特有の白さだった。とても人の顔とは思えないほど大きくむくんでいて、まわりの者たちは、もう一つ仮面をつけているのかと思ったほどだった。眉毛はぬけ落ち、右眼の下瞼がしなびた頬の上に垂れさがっている。両唇は無数の小さな疱《ほう》にくい荒らされているし、押しつぶされて人間のようではなくなった鼻はライオンの鼻に似ていた。

ハキムの声が最後の策略を試みる。「許しがたい罪を犯したからには、おまえらにはわたしの輝く顔が見られるはずも……」それは言いはじめた。

その声を無視して、二人の指揮官は彼に槍を突き刺した。

薔薇色の街角の男

エンリケ・アモリムに

薔薇色の街角の男

旦那ですか、フランシスコ・レアルのことをききたいってのは。あっしにねえ。ええ、知っております。この辺の男じゃなかったんですがね。「北」が奴の縄張りでした。グアダルーペ池から昔の砲兵隊兵舎にかけての一帯で。会ったのは三度っきり、それも同じ一晩のことです。しかし、あんな夜は忘れようたって忘れられるもんじゃありません。あの晩、ルハネラは牧童小屋に来てあっしと寝たんです。それに、ロセンド・ファアレスはあれっきりマルドナード河岸から姿を消しちまったし。もっとも、旦那にゃそんな男の名前なんぞどうだっていいことでしょうが。ロセンド・ファアレスは――あっしら、「めった刺しのロス」ってよんでたんですがね――ビリャ・サンタ・リータ界隈じゃちょっと知られた顔でした。ニコラス・パレーデスの子分で、このパレーデスってのはモレル一味の顔役でした。ロセンドの奴のナイフさばきにゃみんな感心していたんです。それになかなかのダンディでした。娼家の女に会いに行くときは黒い馬に乗っていくんですが、馬具の金具がこれまたどれも銀細工ってえ風でしてね。この近辺じゃ男も犬も奴には一目置いていました。その点は女も同じです。なんでも、殺しを二つやっているというもっぱらの噂でした。かぶりものは鍔《つば》がせまく山の高い中折帽で、そいつが油でてかてかに光らせた長い髪の上に、粋なかっこうでのっかっていたものです。幸運とお天道様《てんとさま》がいつもついてまわる――そんな言いぐさがぴったりの男でした。当時ビリャ近辺のあっしのような若造は、みんな奴のまねをしたもんです。そう、唾のはき方までです。しかしある晩、この野郎の土性骨をとっくり拝見するはめになりました。

その晩のことをお話しすれば、そいつはおまえの作り話だろうっておっしゃるかもしれません。そもそもの始まりは一台の貸馬車でした。煉瓦工場と空地の間の舗装のしてないでこぼこ道を、がたがたいわせながらそいつがやってきます。車輪を赤く塗ったやけにはでなやつで、中には男がいっぱい乗っていた。黒い服を着たのが二人、ギターをじゃんじゃん鳴らしている。野良犬が馬の足にかみつこうとするので、馭者席の男は鞭を鳴らしづめでした。馬車の真ん中に、ポンチョにくるまってじっと坐っている男がいる。これが有名な「屠殺屋」だったんです。これから喧嘩か殺しにでも出かけようかという感じでした。

ひんやりとして気持ちのいい晩です。馬車の中では、男が二人たたんだ幌に腰掛けるように坐っている。あたりがあんまり静かなので、おんぼろ馬車の一台でもカーニバルのパレード気分です。ここまではみんな後で聞いた話なんですが、このあと一晩のうちにいろんなことがありました。あっしらの仲間は夕方早いうちからフリアの店に集まっていた。店は、ガウナ通りと河岸との間にありましてね。店といったって、トタンのなまこ板をはった大きな小屋のようなものです。賑やかだし、入口には赤いランプが眩《まばゆ》いばかりに下がっていたから、通りをいくつもへだてた向こうからでも場所はすぐわかる。フリアは黒人だったが、正直な女で信頼できる。店にはいつも楽団の男たちがいっぱいいたし、酒もいいのが置いてあった。踊り相手の女も、もちろん不自由なし。それも誘えば、夜どおしだって相手をしてくれる。しかし、ルハネラほどの女はほかに一人もいなかった。この時はまだロセンドの女だったんですが、断然ひかっていた。あの女ももう死んじまいました。さあ、いつになったら忘れられますかね。若いころのあいつをお見せしたかった――あの眼ときたら！　ひと目見たら眠れなくなる――そんな女でした。

酒と音楽がある、女がいる。ロセンドは調子のいいことを言っては、だれかれなしにあっしらの肩をたたく。自分を仲間の一人として認めてくれている、その友情のしるしだなんて思ったりして。あっしはひどくごきげんでした。踊り相手の女はまるでこちらの心を見すかしたように、ステップを合わせてくれる。曲にのってくっついては離れ、離れてはまたひとつになるという風で、二人ともすっかりタンゴのとりこになっていました。そうやって夢中になって踊っている最中に、とつぜん音楽がひときわ賑やかになったような気がしました。ギターを弾いている二人の男をのせた馬車がだんだん近づいてきて、奴らの曲が店のタンゴと一緒になって聞こえていたのです。と思っているうちに、また風向きが変わってギターは聞こえなくなる。あっしの頭からは、自分の体と女の体と渦をまいて旋回する踊りのほかは、何もかも消えてしまいました。しばらくして入口の戸をどんどんたたく音がし、つづいて大きな人声が聞こえます。店はいっせいにしいんとなりました。気がついた時には誰かが戸を押し開けようとしており、ほどなく男が飛びこんできました。声とそっくりの男でした。

　これがフランシスコ・レアルだったんですが、あっしらはまだそうとは知りません。背の高いがっしりした体格の男で、肩に垂らした赤茶色の肩掛けのほかは、頭のてっぺんから足の爪先まで黒一色です。顔はいまでも憶えています。インディオに似て、すこし角ばった顔でした。

　さっき戸が開いたとき、片方の扉があっしに当たったんです。かっとなったあっしは、押し入ってきた男に飛びかかっていました。左手で奴の顔を殴りつけ、右手で左腕の下、チョッキの袖ぐりに隠したナイフをさぐる。とっくみ合いになっていたら、いずれやられていたでしょう。レアルは姿勢をたてなおすと、腕であっしを払いのけました。床の上に抛りだされてしまったのですが、それでも手だけはチョッキに隠した役立たずの道具をさぐっていました。奴は何事もなかったように店の中へ進んで行く。あっしらより背が高いのですが、こちらのことなどまるで眼中にないみたいに黙って進んで行くのです。先頭の連中――物見高い本物のイタ公ども――が、扇を広げたようにさっと奴をとり囲む。しかし、それも長い時間ではありませんでした。次の列に「イギリス人」が待ちかまえていたからです。よそ者の手が肩にかかる前に、「イギリス人」のナイフが突き出され、刀の腹がレアルの顔をぴたぴたたたく。仲間たちはこれを見ると、わっとばかり奴にとびかかりました。ホールは細長い部屋で、十メートル以上はあったでしょう。連中は押したり囃《はや》したてたり唾をはきかけたりしながら、磔にされる前のキリストのように、「屠殺屋」を向こう端近くまで追い立てていきました。最初は拳固で殴っていたんですが、奴は払いのけようともしないんで、しまいにはばかにしたように力まかせに張りとばしたり、肩掛けの房飾りでひっぱたいたりしました。もちろん、ロセンドの出る幕は残しておくつもりです。ロセンドはこの間ずっと向こう端の壁に凭《もた》れかかって、眉ひとつ動かさず、口もききません。ただ煙草をふかすばかりです。あっしらが後ではっきり見届けることを、すでに予感していたのかもしれません。「屠殺屋」はふらつきそうになるのをこらえていましたが、顔のあちこちから血が流れだしていました。奴のうしろでは仲間連中がよってたかって囃したて、奴は野次に追い立てられるようにして、じりじりとロセンドに近づいていきました。二人が間近に顔を合わせたとき、それまで口笛を鳴らされ、殴られ、唾をはきかけられるばかりだったレアルが初めて口をききました。奴はロセンドをじっと睨《ね》めつけ、袖口で顔をぬぐうとこう言いました。

「おれはフランシスコ・レアルっていう『北』の者だ。名前はフランシスコ・レアルだが、みんな『屠殺屋』って呼んでるな。こいつらにはしたいようにさせてやった。おれが用があるのは、こんなけちな三下《さんした》どもじゃねえ。ここにはナイフの使える野郎がいるってえ噂を聞いてきたんだ。『めった刺しのロス』とか言って、たいそうこわいお方だそうな。胆がすわってるだの、人様に一目置かれるだの――ろくでなしのおれには何のことだかわからねえ。ぜひともお目にかかって、そこんところをすこし教えてもらいてえ」

　奴はロセンドをにらみつけたまま、言いたいことを一気にしゃべる。とつぜん、ナイフが奴の右手の中できらっとひかりました。それまで袖の中に隠していたにちがいありません。人を押しのけて前に出ようとしていた連中が、今度は後ずさりしはじめました。静まりかえったホールのなか、目は二人に釘づけになったままです。バイオリンを弾いているめくらの黒んぼまで、ぶ厚い唇を二人の方に向けていました。

　その時うしろの方が騒がしくなりました。戸口に「屠殺屋」の手下と思われる六、七人ばかりの男が見えます。その中でいちばん年嵩の男が――灰色の口髭をもじゃもじゃと生やし、顔は日焼けしていかにも田舎者らしい男でしたが――一、二、三歩足を踏み入れたとたん、女たちと灯りに恐れ入ったのか、うやうやしく帽子をとる。ほかの連中は目を皿のようにして、あたりをにらみつけておりました。あっしらが何か汚いことでもしやしないかと警戒していたのです。

それにしても、ロセンドがこの大口野郎をたたき出そうとしないのはどうしたわけだろう？　まだ眼を伏せたまま黙っているのです。煙草は吐き出したのやら、ひとりでに落ちたのやら。やっと二言三言口をききましたが、ぼそぼそと低い声で、ホールの反対側にいるあっしらには何を言ったのやら聞きとれませんでした。レアルがもういっぺん挑みかかる。ロセンドは今度も動こうとはしません。この時、レアルの手下のいちばん若いのがひと吹き口笛を鳴らしました。ルハネラは刺すような鋭い一瞥を若造にくれてから、長い髪を肩に波うたせ、仲間の間を押し分けるようにして前へ出ました。ロセンドのところまで来ると奴の胸に手を入れ、ナイフを取り出すとこう言います。

「ロセンド、もうそろそろこれが要るころなんじゃない？」

天井のすぐ下のところに、川に向かって細長い窓がついていました。ロセンドは両手でナイフを受け取ると、まるで初めて目にするかのように、ためつすがめつ眺めています。それから、両腕をさしあげたかと思うと、とつぜんうしろざまに抛りあげました。ナイフは窓からマルドナード川へ消えていったのです。あっしは虫酸が走るほど情けない思いでした。

「ずたずたにしてやりてえところだが、てめえみたいな意気地のねえ野郎は見るのも吐気がすらあ」そう言いながら、「屠殺屋」はいつでも殴りかかる体勢です。その時ルハネラが「屠殺屋」の頸っ玉にかじりついたかと思うと、あのたまらない眼で男をじっとみつめ、激しい口調で叫びました――「あんな男なんかほっときなさいよ。すっかりだまされてたわ」

フランシスコ・レアルは一瞬困ったような顔をしていましたが、すぐにルハネラの腰に手をまわすと、楽団にむかってタンゴでもミロンガでもいいから何かやってくれと声をかけ、あっしらにも踊るように命令しました。たちまち火が這うように、ホールの端から端へ曲が流れ出す。レアルはまじめくさった顔をして踊っていましたが、女はしっかりと抱いています。やがて女を完全にとりこにしてしまいました。二人が戸口に近づいたとき、レアルの叫び声が聞こえました。「どけ、どけ。こいつはもう眠いんだと」そう言うと、二人は頬と頬をぴったり重ねたまま、まるでタンゴに溺れるように、タンゴの波にのって外へ出ていきました。

あっしは恥ずかしさで顔が赤くなっていたにちがいありません。女をとっかえて一、二度踊りましたが、すぐによしてしまいました。女には暑いし人込みがいやだからと言いわけをし、壁づたいに戸口へ向かいました。外はすばらしい夜でした。だが、誰にとってすばらしいのか？　馬車は路地の角に停めてある。駅者席にはギターが二つ、まるでキリスト教徒が坐ったようにまっすぐに立てかけてある。おまえらは安物のギターをかっぱらう度胸もないんだぞ、と馬鹿にされているようで、ほんとうに頭にくる。おれたちはくずだ――そう思うとくやしくて仕方がない。耳にさしたカーネーションを抜きとると、水たまりに投げ捨てました。それから、何もかも忘れてしまいたいと思いながら、捨てた花をじっと見つめていました。今日という日が別な日になればいい、早く夜が明ければいい――そればかりを考えていました。しばらくして誰かに突きとばされ、はっと我れにかえる。なにかほっとした感じでした。ロセンドがひとりこっそりと逃げ出すところだったのです。

「おめえって奴はいつも邪魔な野郎だ」、すれ違いざま、吐き捨てるようにそう呟きました。本当は何か打ち明けたかったのかもしれません。暗闇の中を、マルドナード川に向かって消えていきました。それが奴の姿を見た最後でした。

あっしはそこにつっ立ったまま、それまで毎日見てきたものを見つづけていました──広い空、黙って流れていく川、眠ったように立っている馬、舗装のしてない路地、煉瓦窯。見ているうちに、豚草やなめし革工場の骨の山に囲まれて暮らしているおれも、しょせんは土手に生える一本の雑草にすぎないんだという思いにとらわれはじめました。大口をたたくばかりで根性のないおれたちのことだ、雑草かがらくたでなくてなんだろう？　しかしそう思ったすぐ後で、いや、たとえおれが雑草だとしても、生えた場所がひどければいっそう逞しくなくてはならん理窟じゃないか、と思いなおしたのです。

ホールではまださかんに演奏がつづいています。忍冬《すいかずら》の甘い香りが風にのって漂ってくる。ほんとうにすばらしい夜だ。星が鈴なりになっていっぱい瞬いている。見ていると目が眩みそうでした。さっき店であったことはおれとは何のかかわりもない――自分に一所懸命言いきかせていたのですが、臆病風に吹かれたロセンドのことや、忌々しいほど度胸がいい「北」の野郎のことが頭から離れません。おまけに、そいつは夜の相手をしてくれる女までものにしてしまったのです。今夜、あしたの夜、おそらく永久に――とあっしは思いましたが、ルハネラはそれだけのすごい女なんです。二人はどこかに消えちまったのやら。そんなに遠くへ行ったはずはないにしても、いまごろはどこかの溝で折り重なって、よろしくやっているにちがいありません。

店に戻ったとき、踊りは何事もなかったようにつづいていました。気づかれないよう、できるだけこっそりと人込みにまぎれこみました。仲間で一人、二人ずらかったのがいましたが、「北」の連中も何人か一緒に踊っていました。押したり口喧嘩したりする者もなく、みんな行儀よく踊っている。音楽はねむたそうに鳴っているし、「北」の奴らと踊っている女たちもおし黙ったままです。

あっしは何かあるだろうと覚悟していたのですが、それは次に起こったことではなかった。

ホールの外で女の泣いているような声が聞こえ、そのあと、この時にはもう誰にもき覚えのあるあの声が聞こえたのです。といっても、今度はどうしたわけかやけに低い。人間の声とは思えないほどでした。

「入るんだ」、声が女に言う。

また女のすすり泣く声。

「戸を開けろと言ってるだろう」、声は必死です。「開けねえか、くそったれめ。開けろ」がたがたと揺れたかと思うと、戸が開いてルハネラが飛びこんできました。一人きりで、まるで誰かに押し出されたみたいでした。

「外にゃ幽霊でもいるんじゃねえか」、「イギリス人」が言う。

「死人よ」――「屠殺屋」がよろめきながら入ってきたのです。まるで酔っ払いのような顔でした。あっしらが後ずさりして場所をあけると、もう何も見えないこの大男は二、三歩ふらふらっと歩き、とつぜん丸太ん棒のようにばったり倒れました。手下の一人があおむけにし、肩掛けに頭を凭せかける。そいつの手は血だらけになっていました。レアルの胸に大きな傷口が見えます。血が溢れ出て、深紅の肩掛けをどす黒く染めていく。

赤い肩掛けが傷口をおおっていたので、あっしはそれまで血のことは気づきませんでした。血を止めるために、女が酒と火に焦がしたぼろ布を持ってきた。

とても口がきける状態ではありませんでした。ルハネラは両手をだらりと垂らしたまま、茫然と男を見つめています。口には出さなくても、みんな同じことを知りたがっていました。やっとルハネラからききだした説明は次のようなものでした。ホールを出て歩いているうちに、二人は小さな野原に出た。すると男がどこからともなく現われて、「屠殺屋」に猛然と喧嘩をふっかけ、あの刺し傷を負わせた。男が誰だかはわからなかったが、ロセンドでないことはたしかだ、というのです。こんな説明では誰も信じやしないだろう、とあっしは思いました。

足もとの男は死にかかっている。誰がやったにせよ、手元に狂いのないあざやかな手並です。男はなかなか死にませんでした。さっき奴が店の戸をたたいたとき、フリアがマテ茶をいれるところでしたが、そのマテ茶をついだコップがみんなをまわって、あっしのところまできたとき、男はやっと息をひきとったのです。臨終まぎわに、男は低い声で「顔を隠してくれ」と言いました。奴は誇りだけは最後まで忘れなかった。死の苦しみに顔を歪めるところをあっしらに見られたくなかったのでしょう。誰かが顔に帽子をかぶせてやり、奴は死んでいきました。あの山高の黒い帽子の下で、声ひとつたてないで。波うっていた胸が静かになって、誰かがそっと帽子をとる。死人独特の疲れきった表情が浮かんでいました。ついさっきまでは、砲兵隊兵舎から「南」一帯にかけて、いちばん度胸のある男だったのに。死んでもう口がきけない人間になってしまった——そう思ったとたん、あっしは奴が憎くはなくなりました。

「人間生きてりゃ、誰だって死ぬわよ」、女の一人が言う。「誇りのかたまりのような人だったのに。それが見てよ、いまじゃ蠅にたかられるのが関の山だなんて」しんみりとこう言ったのは別の女でした。

「北」の連中は仲間だけでひそひそ話をはじめていました。「殺《や》ったのはあの女だ」——二人が同時に声をあげ、一人は面とむかって殺ったのはおまえだろうと大声で問いつめた。他の連中もまわりを取り囲む。用心しなくてはいけないことも忘れて、あっしはすぐに中に割って入った。この時どうしてナイフを握っていなかったのか、いまでもわからない。大勢の連中が(全員とは言いませんが)あっしを見ているのがわかりました。

「女の手を見てみろ。これが男を刺せるような手か?」皮肉たっぷりにまずそう言ってから、落ち着きはらって話をつづける。「仏はご自分の島で、おのれの度胸ひとつで名をあげたお方だ。そのお方がこんな死に目に会いなさるなんて誰が予想した？　まして、こんな眠ったような静かなところで、だ。どっかからよそ者がやってきて、おれたちを楽しませ、そのあげくには唾をはきかけられる——そんなことでもないかぎり、ここじゃ何も起こらねえ」

誰も喧嘩を買って出ようとするものはいませんでした。

ちょうどその時、しんと静まりかえった中を、こちらに向かって走ってくる馬の足音が聞こえました。警察です。程度の違いこそあれ、誰も脛に傷もつ身ですから、お上とはかかわりあいになりたくありません。このさい何はともあれ、死体をマルドナード川に始末するのが肝腎です。ロセンドのナイフがきらりと光って消えていった細長い窓を憶えておいででしょう？　黒服の仏はその窓から投げ捨てられたのです。男たちが数人がかりで持ち上げました。あちこちから手がのびて、奴の持ち金と装身具を残らずさらってしまいました。指輪を盗るために指を切り取った奴までいました。旦那、この連中はね、別の男に始末をつけてもらっておきながら、死んだとなるとえらく威勢がよくなったのです。無力な死体にしたい放題でした。最後は抱えあげて窓から投げ込む、あとは奔流に苦しめられている川が引き受けてくれるという寸法です。死体が浮かないように、奴らは臓腑をかきだしたかもしれません。最後まで見ていなかったから、よくは知りません。見たくなかったのです。灰色の口髭をはやした年寄りはあっしから眼を離そうとしませんでした。ルハネラはどさくさに紛れて姿を消していました。

警察が店を覗きこんだときは、またにぎやかに踊りが始まっていました。あのめくらのバイオリン弾きはハバネラの曲がなんとも上手だった――当節ああいう曲はもうきけなくなってしまいましたよ。外は夜が白みかけていました。近くの丘に防護柵がめぐらしてあったんですが、木の杭がぽつんぽつんと寂しそうに立っていたのを憶えています。針金の索は暗くてまだよく見えませんでした。

あっしは二、三丁先の牧童小屋に向かいました。できるだけゆっくりとです。部屋の窓に蠟燭《ろうそく》のあかりが見え、おやおやと思っているうちに突然そいつが消える。ボルヘスさん、そのわけがわかったときは、思わず足が早くなったものです。小屋に入る前に、あっしはチョッキに手をつっこみ——左のこの腋のところですがね。ナイフはいつもここに隠しとくんです——もういっぺんナイフを取り出しました。中身をゆっくりとあらためたんですが、まっさらという感じで、人を殺った形跡なんか全然ない。じじつ、血はどこにもついていませんでした。

エトセトラ

ネストル・イバラに

死後の神学者

以下はわたしが天使から聞いた話である。死んであの世に行ったとき、メランヒトンは生前住んでいたのとそっくりの家を与えられた。(来世にやってくるほとんどすべての新参者がこういう扱いをうける。彼らが自分の死を知らないのはこのためである。)部屋に置いてある家具——テーブル、引き出しつきの机、本棚——もすべて生前のものと似ていた。この新しい住居で目をさますと、生前と同じようにメランヒトンは著述を再開し、数日間書きつづけた。その内容は、人はただ信仰によってのみ義とせられるというもので——例によって——、慈愛《カリタス》にはただの一言もふれていなかった。この手落ちに気づいた天使は、使いをやってそのわけを問いただした。メランヒトンは答えた、「愛は魂にとって必要不可欠のものではありません。天国に入るには信仰があればじゅうぶんです。小生はこの点を反論の余地なきまでに徹底的に闡明《せんめい》したつもりです」。彼の話しかたは自信たっぷりで、自分が死んで天国行きからはずされていることに気づいている様子はぜんぜん見られなかった。彼のことばを聞きおわると、使いの天使たちは帰っていった。

それから二、三週間後、部屋の家具が色褪せはじめ、ひとつひとつ消えていった。しばらくすると部屋には肘掛椅子とテーブル、それに紙とインクスタンドのほかは何も残っていなかった。さらに、壁はいつのまにか石灰で被われているし、床には黄色いニスがかかっている。メランヒトンの着ている服も前よりずっと粗末なものになっていた。しかしあいかわらず、愛を否定し信仰を称揚する著述をつづけた。あまりかたくなに愛を排斥したため、彼はある日とつぜん、地下にある作業場に移された。そこにはすでに彼のような神学者が何人か入っていた。二、三日閉じ込められているうちに、メランヒトンは自説に疑いをいだきはじめる。するとまた赦されて、もといた部屋に戻された。いまではまた、毛のついた生皮を身にまとっている。しかし、これまでのことは幻覚なのだとしいて自分に言いきかせ、信仰を称揚し愛を蔑視する仕事に戻っていった。ある日の夕方、メランヒトンは寒さを覚えた。彼は家の中を調べてまわり、他の部屋も様変わりして、どれも生前の旧居の部屋に似ていないことを確認した。ある部屋には用途のわからない道具が散乱しているし、別の部屋は入ることもかなわないほど小さくなってしまっている。またある部屋は大きさこそ変わらないものの、戸口と窓は広大な砂丘に面している。裏手のある部屋には彼を崇拝する人々が大勢つめかけており、彼らは口々にあなたほど聡明な神学者はどこにもいませんと言っていた。褒めことばは彼をよろこばせたが、よく見ると彼らのある者には首がなく、またある者は死人の顔をしている。彼は訪問者たちをうとましく思い、最後にはその言うことに耳をかさなかった。彼が愛について何か書こうと決心したのはこの時である。書きはじめると困ったことが起きた。一日かかって書いた原稿が、翌日になると失くなっているのである。確信をもって書いていなかったことがその原因だった。

メランヒトンは新参の死者たちからひんぱんに訪問をうけたが、あばら家に住んでいるのを知られることが恥ずかしかった。天国で暮らしているように思わせるために、彼は近所の魔術師を雇い入れ、訪問客があるときはあばら家を平穏豪華な大邸宅に変えてもらって、その眼をあざむいた。訪問客が辞去するや——時にはまだそれ以前に——豪華な飾りが消え、大邸宅はまた以前の漆喰壁《しっくい》のあばら家に戻る。

魔術師と首なし男が彼を砂丘に連れ去り、彼はいまではそこで悪魔の召使いのようなことをしている――これがわたしがメランヒトンについて聞いた最後の消息である。

エマヌエル・スウェーデンボリ『天の秘密』より

彫像の間

いまは昔アンダルシア王国に、レブティットともセウタともあるいはハエンともよばれた町があった。そこは代々、王の居館があったところである。この町に堅固な出城が建っていたが、入口の両開きの扉は人の出入りに使われることはなく、いつもかたく閉ざされていた。王が死んで後継者が玉座に就くとき、扉には新王みずからの手であらたに錠がつけ加えられる。王たちがめいめい一つの錠をつけていって、今では全部で二十四を数えるまでになっていた。このあと王国は、王家の出でない邪《よこしま》な男によって王位を簒奪《さんだつ》されてしまう。この僭王は中にあるものが見たくて、新しい錠をつけ足すどころか、二十四の古い錠をあけてみようと考えた。大臣や貴族たちは王に思いとどまるよう懇願する。鉄鍵の束をわざと秘《かく》しておいて、錠を二十四もこじあけるなど無理な話でございます、一つおつけ足しになる方がずっと簡単でございましょう、と奏上した。しかし、老獪《ろうかい》な王のこと、これで諦めるようなことはしない。この時もこう言った、「わしは城の中味を調べたいのだ」。大臣や貴族たちは手に入るかぎりの財宝——羊やキリスト教徒の偶像や金貨銀貨——を差し出したが、王はあくまで意志をまげない。ついに自らの右手で(永遠に焼けただれんことを!)全部の錠をこじあけてしまった。城の中で王たちが見たのは、木や金属を彫りぬいたアラブ人の彫像であった。彫像は駿馬や駱駝にまたがり、頭にまいたターバンを肩まで垂らし、革帯には半月刀をさげて右手に長い槍を持っていた。彫像はすべて丸彫りで、床に影がのびている。盲人でも、撫でてみれば何の像かすぐわかるほど大きなものだった。馬は棒立ちになった時のように前足を高くあげていたが、さすがに駿馬らしく倒れることはないのだった。これらの巧みに彫られた彫像を見ているうちに、王はしだいに恐怖にとらわれはじめた。彼らの一糸乱れぬ規律と沈黙がいっそう王の恐怖をかきたてる。彼らはみな同じ方向——つまり西側——を向いていた。また彼らの口からはただの一語も発せられなかったし、その喇叭《らっぱ》も一度として鳴り響くことはなかった。彼らが置かれていたのは第一の間である。第二の間には、ダビデの子ソロモン(両人に平安あれかし!)のテーブルが置かれていた。これは一つのエメラルド石を彫って作ってあった。エメラルドの色は周知のとおり緑である。またその秘《かく》れた効能は真実であるが、特定するのはむずかしい。それはたとえば嵐を静め、持ち主の操を守り、赤痢や悪霊を祓い、訴訟に好結果をもたらし、出産の苦痛をやわらげるといった具合にさまざまなのである。

三の間には二冊の本が置かれていた。一冊は黒色で、毒薬と解毒剤の調合の仕方のほかに、いろいろな金属の特性や護符の効能や日々の吉凶が記されていた。もう一冊は白で、字ははっきりと書かれていたが、誰もその教訓を解読することはできなかった。四の間には世界地図があり、それには世界のすべての王国、都市、海洋、城廓、危険地帯が、それぞれの正しい名称と正確な輪廓とともに描きだされていた。

五の間で彼らが見たのは、ダビデの子ソロモン(両人に平安あれかし!)のために作られた円い鏡であった。その価値はとうてい金ではかれるようなものではない。それはさまざまな金属でできていて、それを覗くものは自分の父祖と子孫たちを、つまり人類の始祖アダムから栄光の喇叭をきく者に至るすべての人間の顔を見ることができるのである。六の間にはエリクシールの霊液がいっぱいあったが、それはたったの一滴で三千オンスの銀を同量の金に変えることができる。七の間はからっぽで何も置かれていないようだった。この部屋はひじょうに細長く、どんな弓の達人が射ても矢を入口から反対側の壁まで届かせることはできないだろうと思われるほどだった。壁には恐ろしい言葉が刻まれていた。王はそれを読み理解した。言葉は次のとおりである――「この城の扉をあえて開ける者があれば、その王国は入口に置かれている彫像に生き写しの戦士たちによって征服されるであろう」

この話は逃避《ヒジュラ》八九年のできごとである。この年の十二月が終わらないうちに、ターリクが要塞を制圧して王を敗走させる。王の妻妾と子供たちは奴隷に売られ、国土は破壊された。無花果《いちじく》が実り、よく灌漑されて乾燥することのない平原の王国アンダルシアに、アラブ人がひろく住みつくようになったのはこの時からである。王国の財宝がどうなったかといえば、よく知られているように、ザイードの子ターリクが宗主であるカリフのもとに送り、カリフがピラミッドの奥深くそれを隠してしまったのである。

『千夜一夜物語』二百七十二夜より

夢を見た二人の男

次の物語はアラビアの史家アル・イシャキの記述による。

以下の話は信頼するに足る人たちによって書きとめられたものである。(ただし、ひとりアラーのみが全知全能にして慈悲深く、目を閉じることがない。)むかしカイロに大金持ちが住んでいた。しかしこの男はたいへん気前がよくて物惜しみをしなかったから、やがて父親の家のほかは何もかも失くしてしまい、自ら手を動かして生計を立てねばならなくなった。男はよく働き、ある夜など仕事中いつのまにか睡魔におそわれ、庭の無花果《いちじく》の木の根元に寝込んでしまったほどであった。この時ずぶ濡れの男が夢枕に立ち、口から一枚の金貨をとりだすとこう言った。「ペルシアのイスファハンにおまえの幸運が待っている。行ってそれを探すがよい」

翌朝目をさますと、男は長い旅に出た。道中、砂漠や船や海賊やキリスト教徒や河や猛獣や同胞たちからさんざん危険な目にあった。やっとの思いでイスファハンに通じる道に出たが、町の城門をくぐったところで夜になった。男はモスクの中庭で一夜を明かすことにした。モスクのすぐ隣りは民家である。全能の神アラーのおぼしめしにより、盗賊の一隊がモスクに侵入し、そこから彼らは隣りの家に忍びこんだ。盗賊たちのもの音に、家の住人が目をさまして助けを求める。近所の者も起きだして助けをよぶうちに、警備隊長が部下をひきつれて到着したが、盗賊たちは屋根づたいに消えていた。隊長はモスクの探索を命じ、カイロの男が見つかると竹の笞《むち》で徹底的に打ちすえたから、男は息もたえだえになった。二日後、男は監獄で意識をとりもどした。隊長は男を牢からよび出すとこう訊いた。「名は何という？　そしてどこの者か」「かの有名なカイロの町から来ました。ムハンマド・アル・マグレビという者です」男は答えた。隊長はさらに問う、「ペルシアに何の用で来た？」　男は真実を話した方が身のためと思い、こう答えた。「夢に男が現われて、わたくしにイスファハンに行けと告げました。幸運がそこに待っていると言うのです。しかしイスファハンに来てみて、その男の約束した幸運はあなた様が気前よくお見舞いくだすった笞打ちであることがわかりました」

これを聞くと隊長は笑いだしたが、あまり大笑いしたので、しまいには口の中から智恵歯が見えるほどだった。笑いがおさまると隊長は言った。「この大馬鹿者が。おれも三度同じ夢を見たわ、大金が秘《かく》してあるという夢をな。カイロのさる家の裏に日時計のある庭があり、日時計のむこうに無花果の木がある。無花果の木のそのまたむこうに泉があって、その泉の下を探せというんじゃ。だがおれはそんな大嘘はこれっぽっちも気にとめなんだ。おまえは騾馬と悪魔から生まれたうすのろじゃ。夢のお告げなんぞを真にうけて探し歩くとはな。二度とイスファハンに顔を見せるな。この金をもってとっとと消えうせろ」

男は金をもらい家路についた。家の庭の泉(隊長の夢に現われた泉である)の下で、男は大金を掘りあてた。こうしてアラーは男に溢れるばかりの祝福と報酬をあたえ、彼をほめたたえたのである。アラーは慈悲の神である。そのお姿は見えないが。

『千夜一夜物語』三百五十一夜より

待たされた魔術師

むかしサンティアゴの町に魔術の習得を切望している一人の司祭長があった。こと魔術にかけては、トレドのドン・イリャンの右に出る者はいないという話をきいて、司祭長はトレドへ出かけていった。

朝方町に着くと、司祭長はその足でイリャンの家に向かった。イリャンは奥の部屋で書見の最中であったが、こころよく司祭長を迎え、ご一緒に食事をいかがです、ご用のおもむきはそのあとで承りましょう、と言う。イリャンは客を快適な部屋に招じ入れると、ご来訪まことに光栄です、とあらためて挨拶した。食事がすむと司祭長は訪問の理由を告げ、魔法の術についてぜひご指教たまわりたいと頼みこんだ。イリャンは言う、「わたしはあなた様が司祭長という立派な地位にあらせられるばかりか、今後さらに出世されるお方だということを初めから知っておりました。お教えしたいのはやまやまですが、もし何もかもお教えしたら、あなた様はわたしの労に酬いることなど忘れてしまわれるのではないでしょうか。それが心配です」。司祭長はイリャンの寛大な取計いをけっして忘れぬこと、いつでも労に酬いるつもりであることを請けあった。二人が合意に達したとき、イリャンは魔法の術は必ず人目を避けた隠密の場所で学ばれねばならぬと言い、司祭長の手をとって、床に大きな鉄環のある隣りの部屋へ連れていった。これに先立って、イリャンは女中に夕食に鶉《うずら》を用意するように、ただしあらためて指示するまで焼いてはならぬと申しつけた。イリャンと客は鉄環をひきあげ、石造りの見事な階段を下りていく。司祭長にはタホ川の河床もはるか頭上にあると思われるほど深く二人は下りた。階段の下には小部屋があり、次には書庫、その次には魔術道具の置かれた書斎のような部屋があった。二人が本をめくっていると、二人の男が司祭長あての手紙を持って入ってきた。手紙は司教をしている叔父からのもので、いま重病の床についているること、死に目に会いたいと思うならばすぐ来るようにということが書いてあった。この報《し》らせに司祭長はひどく狼狽した。叔父が重病であることを知ったこともあったが、ひとつには研究を中断せねばならなくなることを考えたからである。しかし、結局その場にとどまるほうを選び、叔父に謝罪の手紙を書いて男たちに持たせてやった。それから三日して、喪服を着た数人の男たちが、また司祭長あての手紙を携えてやってきた。手紙には、司教が亡くなったこと、後継者が選考されていること、神の恩寵により司祭長が後継者に選ばれることを希望している旨が記されてあった。手紙はさらに、選考の間は不在であることが望ましいゆえ、司祭長はそのままいまのところにとどまるように忠告していた。

十日が経過し、今度は盛装した二人の従者がやってきた。彼らは司祭長の足もとにひれふすなり手にくちづけし、司教さまとよびかけた。この様子を見ていたドン・イリャンは大いによろこんだ。新しい高僧の方を向くと、このようなよろこばしい報らせがわが家に届いたことを主に感謝します、ついては早速ながら空席になった司祭長職を息子に譲っていただけますまいか、と頼む。司教は司祭長の椅子はすでに弟に譲るように考えてあること、貴殿の子息のためには教会のしかるべき地位を見つけて進ぜようと答え、三人してサンティアゴに向けて発つことを乞うた。

彼らはサンティアゴに向かったが、町に着くと儀式をもって迎えられた。それから六カ月たったとき、教皇の使者が司教のもとに来て、彼をトゥールーズの大司教に任じ、後任の司教の指命は彼に一任する旨を告げた。これを聞いたイリャンは大司教に昔の約束を持ち出して、司教職に彼の息子をつけるよう求めた。大司教はその職はすでに父方の叔父のためにとってある、しかしあなたのご子息を贔屓《ひき》にすることを約束したのはたしかだから、このさいご子息ともどもトゥールーズへ同行してもらいたい、と言う。イリャンは同意するより仕方がなかった。

三人はトゥールーズに向けて発ち、そこで儀式とミサをもって迎えられた。二年が経過し、また教皇の使者が大司教のところにやってきた。使者たちは彼が枢機卿に取りたてられ、後継者の選任は彼の手に委ねられたと伝えた。このことを知ったイリャンは枢機卿に以前の約束を思い出させ、空席を息子に与えるよう求めた。枢機卿は大司教職はすでに母方の叔父のためにとってある、しかし、貴殿のご子息を贔屓にする気持ちに変わりはない。ぜひローマへご同道願いたい、と言う。イリャンは不平を洩らしたが、結局は同意するより仕方がなかった。

三人はローマに向けて出発し、同地に着くと儀式とミサと行列をもって歓迎された。

四年たち、教皇が亡くなる。わが枢機卿は他の枢機卿たちによって後任の教皇に選ばれた。これを知ったイリャンは猊下《げいか》の足にくちづけし、昔の約束を持ち出して、空席になった枢機卿の職をぜひとも息子に譲っていただきたいと懇願する。教皇は言った、「おまえの度重なる懇願はもう聞きあきた。これ以上しつこく言いつのるなら、おまえの正体をばらして監獄にぶちこんでやる。もとはと言えば、妖法を教えて世を惑わせていたトレドの魔術師ではないか」。それではスペインに帰ります、ついては海路の長道中の用に、いささか食べものを恵んではいただけますまいか——かわいそうに、イリャンはそれだけ頼むのがせいいっぱいだった。教皇は今度も彼の申し出を断わったが、それをきくとドン・イリャンは（その顔は不思議なことに、これまでの彼の顔とは違って若返っている）落ち着いた声できっぱりとこう言った、「そうおっしゃるならやむをえません。言いつけておいた鶉を食べなくてはなりますまい」

女中が部屋に入ってくると、イリャンは鶉を焼くように命じた。その瞬間、教皇は以前のサンティアゴの司祭長のままの姿で、自分がトレドの地下室にいるのに気がついた。彼はこれまでの恩知らずなふるまいが恥ずかしくて、何と言っていいかわからなかった。

ドン・イリャンは試験はこれでじゅうぶん、鶉の夕食をご一緒することはお断わりしたいと言って、彼を戸口まで見送り、そこで帰路の平安を祈り、鄭重な暇乞いをした。

ファン・マヌエル『パトロニオの書』より。同書はアラビア語の本『四十の朝と四十の夜』に由来する。

インクの鏡

スーダンのもっとも残忍な支配者が、病弱王ヤクーブであったことは歴史が知っている。彼は国土をエジプト人収税吏の誅求にゆだねた男で、一八四二年バルマハトの月の十四日、王宮の寝室で亡くなった。魔術師アブデル・ラーマン・アル・マスムディ（この名前は「慈悲深きものの僕《しもべ》」と翻訳することができるだろう）が短剣か毒薬によって弑《しい》したのであるという説をなす者もあるが、彼が病弱王とよばれていたことを考えると、その死は自然死であったと考える方がより妥当であろう。一八五三年、リチャード・フランシス・バートン大尉はその魔術師に会って言葉を交わし、以下に引くような話を伝えている。

兄イブラヒムの仕組んだ陰謀が発覚して、わたしも病弱王ヤクーブの城の獄舎に囚われの身となったことは事実です。兄はコルドファンの黒人酋長たちの加勢を受けたのですが、これが何の役にも立たなかったばかりか、かえって裏切られるもとになったのです。兄はまっかな「正義」の敷皮に坐らされて斬殺されましたが、わたしは病弱王の憎い足もとに身を投げだし、わたくしめ魔術師でございます、幻燈《ファヌシ・ヒヤル》の影絵よりもっと珍かなものをお目にかけて進ぜます、どうぞ命ばかりは、と哀願したのです。暴王は、それではすぐにその証拠を見せろと言います。葦ペン、鋏、大判のベネチア紙、インク壺、火鉢、胡荽《こすい》の実、少量の安息香――さっそくそれだけを用意してもらいました。まずベネチア紙を細長く六枚に切り、最初の五枚におまじないや呪文を書いてから、残りの一枚に栄光のコーランからとった次の文句を記しました。「さればわれらは汝のヴェールをとる。この日汝の眼光炯々《けいけい》として射透すがごとし」というのです。次にヤクーブの右の掌に魔法の十字を書き、掌をくぼませてからその中にインクを注ぎました。インクの表面に自分の顔がはっきり映っているかと訊くと、そうだという答えです。顔を挙げないように念をおしてから、安息香と胡荽の実を焦がし、火鉢で呪文を燃やしました。それから、王に何を見たいかと訊きます。王はちょっと考えてから、砂漠近くの草原に棲むいちばん美しい野生馬を見せてくれ、と言いました。見ているうちに、インクの鏡には静かな緑の平原が映し出され、つづいて豹のようにしなやかで、額に白い斑点のある馬が一頭近づいてきます。王がこのような立派な馬がたくさん群れをなしているところを見たいと言いますと、地平線の向こうに砂塵がまいあがり、ほどなく馬の群れが見えました。わたしが赦免されたのを知ったのはこの時でした。

その翌日からというもの、東の空が少しでも明るくなると、二人の兵士が独房にやってきては、わたしを病弱王の寝所にひったてて行くのです。そこには香料、火鉢、それにインクが用意されています。こうして命じられるままに、わたしはこの世で目にすることのできるすべてのものを王に見せてやりました。いまもわたしが憎んでいるこの男は、自らの掌の中に死者がかつて見、生ある者がいまも見つづけているすべてのものを見たのです。都邑を、風土を、地上の分割された王国を、大地の下に隠された宝石を、世界の海を走る船舶を、数々の武具と楽器と医具を、佳人を、恒星と惑星を、神を畏れぬ輩がおぞましい絵を画くのに用いるさまざまな顔料を、鉱物と植物を、それらが内蔵する効能と特性を、主への讃美と敬愛だけを糧として生きる銀色の天使たちを、表彰を受ける学童たちを、ピラミッドの奥深く蔵された鳥や王の偶像を、世界を支える牡牛とその下にいる魚の影を、「慈悲ぶかきもの」アラーの砂漠を——。その中には、ガス燈に照らされた街であるとか、人間の叫び声を聞くと死んでしまう鯨などのように、説明することのできないものもありました。あるとき、王はヨーロッパという名の都市を見せるように命じました。わたしはその中でいちばん繁華な大通りを見せてやりましたが、やつがあの《仮面の男》をはじめて見たのは、その街の雑踏する人込みの中だったと思います。人々はみな黒い服を着、大勢のものが眼鏡をかけていました。

《仮面の男》は、着ているものはスーダン服のこともあり、軍服のこともありましたが、顔はいつもヴェールで隠していました。そしてこの時以来、わたしたちの見るものの中に影のようにつきまとうようになったのです。一度として姿を見せなかったことはありませんが、誰だかはわかりませんでした。インクの鏡に映しだされる像は、初めのころは映ったかと思うとすぐ消えたり、まったく動かなかったりというように単純なものでしたが、いまではもっと複雑なものになっていました。わたしの指図にもすぐに従います。それで暴王は何もかもはっきりと見ることができるのです。映しだされる光景に残酷なものが多くなったこともその一因です。見終わったときは二人ともぐったりしてしまうのが常でした。拷問、縛り首、足切り——これは首切り役人と残虐な暴君のひそかな楽しみですが——、わたしたちが目にするのはこんなものばかりになっていました。

こんなふうにして、バルマハトの月の十四日の朝が来ました。いつものように、暴王の手にはインクが注がれて円い鏡ができています。安息香が火鉢に入れられ、呪文が焼かれました。部屋には二人のほかはだれもいません。今日は処刑の場が見たくて心がうずいておる、公正で弁疏《べんそ》の余地のない処刑を見せてくれ——暴王がわたしに命じます。太鼓をさげた兵士たち、敷かれた牛皮、幸運な観衆、正義の剣をふりかざす首切り役人をよびだしました。ヤクーブはそれを見ると、驚いてわたしに言いました。「あいつはアブー・キールじゃないか。おまえの兄のイブラヒムを斬った正義の番人よ。わしがおまえの助けを借りなくとも、こういう幻影を映しだす術を身につけたときには、おまえの運命もやつが決めてくれるじゃろうて」王は死刑囚をつれだしてくれと言いました。おまえ男が映しだされて、それがあの謎の白いヴェールの男だということがわかると、王は蒼くなりました。処刑が行なわれる前に仮面をとらせろと王が命じました。これを聞くとわたしは足もとにひれ伏して嘆願しました、「時間の王にして時代の精髄であらせられる万乗の君に申し上げます。この男はこれまでの人間とはちがいます。本人の名前も両親の名前も、生まれた町の名もわかってはおりません。この人物とかかわりあうことは遠慮させていただきとう存じます。このことがもとで罪をおかし、いつかは責任をとらねばならぬ破目になるのが心配なのでございます」。病弱王は大笑し、笑いがおさまると、罪は——万一、罪になるとしたら——自分が引き受けると誓いました。王は自らの刀とコーランにかけて誓ったのです。わたしは囚人を裸にして牛皮の上に縛りあげ、仮面を顔からはずすように命じました。命令どおりにことが運ばれ、ヤクーブのおびえたような目はついに待ちに待った顔を見ました。自分の顔でした。恐怖と狂気が王をとらえます。平静なわたしの手でふるえる王の右手をつかむと、うぬが死の儀式だ、終わりまでよく見るがいい、と命じました。王はじっと覗きこんだまま、目を逸らそうとも、インクをこぼそうともしません。すっかり鏡にとりつかれていたのです。幻影の中で、罪人の頸に刀がふりおろされたとき、ヤクーブは悲痛なうめきごえをあげ(わたしはひとつもあわれだとは思いませんでした)、床に倒れおちて息絶えたのです。

つねに変わることなくおわすアラーの神に栄光あれ。無限の赦しと永劫の罰の秘鑰《ひやく》はその手に握られている。

R・F・バートン『中央アフリカの湖水地帯』より

マホメットの代役

回教徒の心の中では、信仰はマホメットの姿とかたく結びついている。それで主は天において次のようにお定めになった。すなわち、誰かをマホメットに仕立て、その男に回教徒を統率させようというのである。この代役はいつも同じ人物とはかぎらない。生前アルジェリアで捕虜になり、その後回教に改宗したザクセン生まれのドイツ人がこの地位についていたことがある。一度はキリスト教徒であったので、彼は回教徒仲間に主キリストのことを話してみたくなった。彼は主がヨセフの子ではなく、神の子であると言いたかったのである。この男には役をおりてもらうほうが無難であるということになった。マホメットの代理人の居場所は松明《たいまつ》の炎によって示されるが、その炎は回教徒にしか見えない。

コーランを書いた本物のマホメットは、いまでは信者たちは見ることができない。最初はご本人自ら天の回教徒を統率していたのであるが、神と張り合おうとしたので役を解かれ、南に追放されたからだと聞いている。その後、回教徒の一団が悪霊に唆《そそのか》され、マホメットを神だと公言する事件がおこった。騒乱をしずめるためにマホメットが下界からよび出され、彼ら一派の前に姿を現わした。わたしもその時マホメットを見たが、彼は内面的知覚をもたない、肉体の衣を纏った亡者のようであり、暗い顔をしていた。「わたしがおまえたちのマホメットだ」――彼がそう言うのをわたしは耳にしたが、それだけ言うと、また下界へおりていった。

エマヌエル・スウェーデンボリ『真のキリスト教』(一七七一年)より

寛大な敵

一一〇二年、跣足王《バルフォッド》マグヌスはアイルランド王国全土の征服を企てた。死の前夜、彼はダブリン王ムアヘルタハから次の挨拶を受けとったと言われている。

マグヌス・バルフォッドよ、黄金と嵐がおまえの軍勢を味方するように。
明日わが王国の野に戦うおまえに幸運があるように。
おまえの恐ろしい手が縦横に剣を揮い、血の織物を織りなすように。
おまえの剣に刃向かう者は赤い白鳥の餌食となるように。
明日がおまえの最も勇猛果敢な戦いとなるように。
数多《あまた》の神々が栄光でおまえを飽かせ、血でおまえを飽かせるように。
アイルランドを蹂躙せんとする王よ、夜明けに勝利があるように。

明日がおまえの長い生涯のもっとも輝かしい日となるように。

それというのも、マグヌス王よ、わたしは誓って言うが、明日がおまえの最後の日だからである。

それというのも、マグヌス・バルフォッドよ、明日の光の消えゆく前に、わたしはおまえを破り、おまえを滅ぼすからである。

H・ゲーリング『ヘイムスクリングラ補遺』(一八九三年)より

学問の厳密さについて

……この帝国では地図の作製技術が完成の極に達し、そのため一州の地図は一市全域をおおい、帝国全土の地図は一州全体をおおうほどに大きなものになった。しばらくするとこの厖大な地図でもまだ不完全だと考えられ、地図学院は帝国と同じ大きさで、一点一点が正確に照応しあう帝国地図を作りあげた。その後、人々はしだいに地図学の研究に関心をもたなくなり、この巨大な地図は厄介ものあつかいをされるようになる。不敬にも、地図は野ざらしにされ、太陽と雨の餌食となった。

西部の砂漠では、ぼろぼろになって獣や乞食の仮のねぐらと化した地図の断片がいまでも見つかることがある。このほかにかつての地図学のありようを偲ばせるものは、国じゅうに一つとしてない。

スアレス・ミランダ『賢者の旅』(レリダ、一六五八年)四巻十四章

資料一覧

ラザラス・モレル——恐ろしい救世主

Life on the Mississippi by Mark Twain, New York, 1883.

Mark Twain's America by Bernard De Voto, Boston, 1932.

トム・カストロ——詐欺師らしくない詐欺師

The Encyclopaedia Britannica (Eleventh Edition), Cambridge, 1911.

鄭夫人——女海賊

The History of Piracy by Philip Gosse, London, New York, and Toronto, 1932.

モンク・イーストマン——無法請負人

The Gangs of New York by Herbert Asbury, New York, 1928.

ビル・ハリガン——動機なき殺人者

A Century of Gunmen by Frederick Watson, London, 1931.

The Saga of Billy the Kid by Walter Noble Burns, Garden City, 1926.

吉良上野介――傲慢な式部官長
Tales of Old Japan by A. B. Mitford, London, 1871.

メルヴのハキム――仮面をかぶった染物師
A History of Persia by Sir Percy Sykes, London, 1915.
Die Vernichtung der Rose, nach dem arabischen Urtext übertragen von Alexander Schulz, Leipzig, 1927.

解説

本書『汚辱の世界史』はボルヘス最初の短篇集である。本編の「ビル・ハリガン」、「エトセトラ」末尾の三篇をのぞき、ブエノスアイレスの夕刊紙「クリティカ」の土曜付録に、一九三三年八月から三四年一月にかけて掲載された。多くの短篇には、個別の題のほかに〈汚辱の世界史〉という総題が付されているから、悪党や無法者の伝記を書くという構想は連載に取りかかる前からあったと思われる。

この作品にはボルヘスの二つの特徴が見え隠れしている。物語の主人公に悪党や無法者など、裏世界のヒーロー(アンチヒーロー)を選んだことが一つ。もう一つはそのほとんどが史実(または原話)の再話というかたちを取っていることだ。前者については、幼少時の生活環境や読書体験と無縁ではないだろう。ボルヘスは幼少年時代をブエノスアイレス東北区のパレルモで過ごしたが、ここは邸宅街と猥雑な「場末」(orillas)の町が隣接している地域だった。本書「薔薇色の街角の男」はこの場末の町が舞台になっていて、この短篇が土曜付録に初めて掲載されたときの題は「場末の男たち」となっていた。また署名も、五四年版の序文にあるとおり本人のものではなかった。作者名に偽名を使ったことには、このような主人公を取り上げることに対するボルヘスのためらい、もっと言えば否定的な気持ちが反映していたと見てよい。とはいえ、ときには肝試しのために闘うならず者たちの「無償の勇気」(『エバリスト・カリエゴ』)に、ボルヘスはある種の聖性を見てもいた。

エバリスト・カリエゴは、場末の町パレルモの風物と魂を詠ったアルゼンチンの国民的詩人である。ボルヘスは『汚辱の世界史』以前に、評伝『エバリスト・カリエゴ』(一九三〇年)を書いているが、五五年には「タンゴの歴史」などを加えて増補版が出された。その序文でボルヘスは次のように回想する――「長い間、わたしはブエノスアイレスの郊外、危険な通りがいくつもあり、夕日の輝きが美しい郊外で育ったのだと思い込んでいた。真実を言えば、わたしは忍びがえしのついた鉄柵の奥にある庭、数知れぬ英語の書物を収めた父の書庫で育ったのだ。後で教えられたことだが、同じパレルモでも、わたしの家のすぐ近くにはナイフとギターの街が控えていた。しかし、わたしが少年の日々をともに過ごし、夜な夜なわたしに心地よい戦慄を与えてくれたのは、馬のひづめに足蹴にされて虫の息になっているスティーヴンソンの盲目の海賊、友を月に置き去りにした裏切り者、萎れた花を手にして未来から戻ってくるタイム・トラヴェラー、何世紀もの間ソロモンの壺の中に閉じ込められていた妖霊《ジン》、宝石をちりばめた絹のヴェールで癩病の顔を隠しているホラーサーンの予言者――わたしが少年の日々をともに過ごしたのはこういう者たちだった」。ホラーサーンの予言者とは、言わずと知れた本書に登場する元染物師のハキム。他の人物も本書の読者には先刻お馴染みであろうが、注目すべきは程度の違いこそあれ、彼らがいずれもアンチヒーロー、負のヒーローだということだ。

少年ボルヘスが読んでいたのは、健全な児童文学ではなく陰のヒーローたちのいかがわしい物語であった。この二項対立は、(彼が住んでいた)庭と書庫のある邸宅と、鉄柵のむこうの「ナイフとギター」に象徴される街区の対比と重なる。このようないわば正と負／陽と陰の対照は、ボルヘスにおける西欧的知性とラテンアメリカ的情念の共存、彼が好んで主題化した「ボルヘスとわたし」の対比に通じる。(本短篇集の献辞もそのヴァリエーションの一つ。「夢を密売する」とは、夢を切り売りする作家「ボルヘス」のいかがわしさを「わたし」が批判していることの暗喩。献辞が詩行の一部になっている詩集の題『他者、自己』は、ボルヘスの根深い同一性意識を示している。）そして結局のところ、これはボルヘス文学全体のテーマである「アイデンティティの揺らぎ」に収斂していく問題なのだ。そのように捉えると、ボルヘスの場合もこの処女作に彼のすべてがあると言えるのかもしれない。

アイデンティティの揺らぎは、本書ではさまざまな形をとってあらわれる。主人公の二面性《ダブル》の表象として――替玉（トム・カストロ）、二重人格（ラザラス・モレル、モンク・イーストマン）。アイデンティティを攪乱する物語の小道具として――（逐一短篇名は挙げないが）迷宮、鏡、仮面、ヴェール。名前に対するこだわりとその形而上学として――偽名、変名、別名、綽名（「トム・カストロ」、「モンク・イーストマン」、「ビル・ハリガン」）。名前に関していえば、何人かの登場人物の名前――ラザラス・モレル、ヴァージル・スチュアート、エビニーザ・ボウグル、サイラス・バックリー――これらはでたらめに付けられたわけではないだろう。ラザラスから、奇跡によって死から蘇えったイエスの友人ラザロ（ラザラスはその英語訛り）を、ヴァージルから『神曲』でダンテを地獄めぐりに案内する古代ローマの詩人ウェルギリウス（ヴァージルはその英語訛り）を、エビニーザとサイラスから最後は人間愛にめざめる二人の守銭奴（前者はディケンズ『クリスマス・キャロル』の、後者はジョージ・エリオット『サイラス・マーナー』の主人公）を連想することはほとんど避けられない。ボルヘスが四人につけた英語名はいわば名前の本歌取りになっていて、物語に皮肉な効果を与えている。また最後の小篇「学問の厳密さについて」は、アイデンティティそのものを帰謬法的に否定した寓話になっている。この小篇が末尾に置かれているのは、本書全体についての作者のメッセージとも受け取れて興味深い。

ここまで主として作品の主題に注目して、その特徴と作品が生まれてきた背景について述べた。ここから先は作品の書法について考えてみる。巻末に原資料が付されていることからも明らかなように、本書の短篇はすべて（「薔薇色の街角の男」を除く）先在する史実（または原話）の焼き直しである。原資料を参看できない訳者には、各々の短篇がどの程度史実（原話）に拠っているのかは分からない。『忠臣蔵』は日本人ならほとんどだれでも知っている話だから、本書「吉良上野介」のどこが書き換えられた箇所かはすぐに分かる。「われわれの住む世界はひとつの過失、不様なパロディである。鏡と父親はパロディを増殖し、肯定するがゆえに忌むべきものである」（「メルヴのハキム」、一〇〇頁）というハキムの宇宙観を述べた一節が、トレーン国（『伝奇集』）の宗教観に似ている（一部は文言まで同じである）ことに気づけば、読者はこの短篇の肝腎な部分がボルヘスの作り話であることに思い至るだろう。ボルヘス自ら五四年版の序文で言っているように、「他人の書いたものを偽り歪めることで(時には正当な美的根拠もないまま)自分を愉しませていた」というのは正直な告白にちがいない。評論集『続審問』(一九五二年)のなかでボルヘスは、史的事実ならぬ「美的事実」の発見こそが文学の使命なのだという趣旨のことを述べている。虚と実のどちらに重きを置くかはともかく、虚なくして文学は成り立たないというのは自明のことだろう。

ボルヘス後期の短篇集『ブロディーの報告書』(一九七〇年)のなかに、「ロセンド・フアレスの物語」というのがある。主人公ロセンドは本書「薔薇色の街角の男」に登場するならず者、〈屠殺屋〉に挑戦され闘わずに逃げ去るあの卑怯者である。ボルヘスはこの短篇集のなかで彼を語り手に仕立て、あの夜、卑怯者の汚名を着せられたまま、マルドナードの川岸から姿を消した「真相」を語らせている。〈屠殺屋〉の悪罵を背に、どうして店から逃げ出したりしたのか。ロセンドは言う、「……大口をたたくそいつの中に、まるで鏡を見ているように、おれは自分の姿を見ちまったんで。おれは自分が恥ずかしくなった。おじけづいたんじゃない。もしそうだったら、奴とやりあっていただろう」。一つの話を複数の視点から語るという手法を、ボルヘスは英国詩人ロバート・ブラウニングの『指輪と書物』から学んだという(英訳自選短篇集 *The Aleph and Other Stories 1933–1969*, 1970 註解。邦訳『ボルヘスとわたし――自撰短篇集』牛島信明訳、ちくま文庫)。一度書いた物語を視点を変えて書き直す行為は、作家ボルヘスの認識の不安を示していて、これもアイデンティティの揺らぎの一例と言える。

このような同一主題の変奏としての物語は、「ロセンド・フアレスの物語」以前にもたびたび試みられている。ホセ・エルナンデス『マルティン・フィエロ』(ガウチョを主人公にした歌物語)の別ヴァージョンや註解として書かれた「結末」(『伝奇集』)、「タデオ・イシドロ・クルスの生涯」(『アレフ』)などはその代表的なものである。ストーリーの変奏とは別にモチーフの変奏というものもあって、それがボルヘス自ら「わたしの作品の中核をなすもの」(前掲自選短篇集に付した「自伝的エッセイ」)と認めた二つの短篇集――『伝奇集』、『アレフ』に結実することになる。二つの作品には夢や観念論に由来するモチーフが多い。夢も観念論も現実の対極にある点では同じで、そうしたモチーフは形而上学的傾向の作家が好んで取り上げた。ボルヘス的作家「ボルヘス」の作品が「(自らの)作品の中核をなす」ことは認めながらも、「わたし」としてのボルヘスはしだいにその限界を感じはじめる。同じ「自伝的エッセイ」(一九七〇年)のなかで彼は言う――「わたしの年〔七十一歳〕になれば、人は自分の限界を意識すべきだし、そう意識することが満足にもつながる。若い頃のわたしは文学を、技巧と意外性に満ちた変奏のゲームだと思っていた。いまは自分の本当の声を見つけたので……」。『伝奇集』を頂点とする「技巧と意外性に満ちた変奏のゲーム」としての作品、夢と観念論の文学に別れを告げ、「自分の本当の声」を意識して書いた最初の作品——それが『ブロディーの報告書』だというのだ。これはいちおう写実主義への転向宣言ということになるが、ボルヘス最後の短篇集『シェイクスピアの記憶』(一九八三年)を読めば、宣言を額面どおりに受け取るのは難しいことがわかる。現に表題作「ブロディーの報告書」はスコットランド人宣教師によるヤフー族の生態報告、すなわち『ガリヴァー旅行記』の後日譚という形を取っていて、これもストーリーがストーリーをよぶ、同一主題の変奏のゲームであることに変わりはない。

＊

本書は *Historia universal de la infamia* (Buenos Aires, Emecé Editores, 1954) の全訳である。今回の改訳にあたっては、現在も刊行されている〈ボルヘス叢書〉版〈マドリード、アリアンサ社）を用い、誤植が疑われる場合は上記の分冊全集版を参照した。また「薔薇色の街角の男」に関しては、カテドラ社刊『ボルヘス物語集』（Jorge Luis Borges: *Narraciones*, Madrid, Ediciones Cátedra, 2008）のこの短篇に付されたルンファルド（ブエノスアイレスのならず者たちが使う隠語）や俗語の註解に助けられた。なお、五四年の第二版で「エトセトラ」に付け加えられた三篇のうち最後の二篇は、その後『創造者』（一九六〇年）に編入された。

〈ボルヘス叢書〉版と分冊全集版を照合していて気づいたことがある。一つは本書冒頭の短篇「恐ろしい救世主」の「恐ろしい」が、〈ボルヘス叢書〉版では元の（つまり分冊全集版の）espantoso から atroz（「残忍な」）に変えられていること。もっと重要な変更は、「薔薇色の街角の男」の語り手が使う「高級な言葉」（一九五四年版序）conversiones（「旋回」）が、短篇の本文（本書一一〇頁）では conversaciones（「会話」）に変えられていることだ。conversaciones は高級な言葉ではないはず。〈ボルヘス叢書〉版は一巻本全集（エメセ社、一九七四年）を底本にしているので、あらためて一巻本全集を参照すると、どちらの変更も同書に始まっていることが分かる。一千頁を超える大部な本の校正刷りに盲目同然のボルヘスが自ら目を通したはずはないので、植字工の誤植を校正担当者が見落としたのだろう。前掲のカテドラ社版も新しい英訳(一九九八年)もこの誤りを踏襲しているから、今ではスペイン語版も英語版もすべて「悪本」に乗っ取られていることになる。傑作短篇「トレーン、ウクバール、オルビス・テルティウス」(『伝奇集』)は、百科事典に異本があることに気づいた語り手と友人が、その謎解きをするところから始まっている。いま問題にしている誤りも単純な誤植などではなく、全ての善本が姿を消した(たとえば)百年後にこの「トレーン現象」を再現すべく、ボルヘスが故意に仕組んだ陰謀かもしれない。まさかとは思うがそう考えると、この作品にもう一つの(それもボルヘス的な)興趣が加わることになる。ちなみに〈ボルヘス叢書〉版のクレジットには、「この版は、著者自身が校閲し一九七四年にエメセ社が刊行した版本と合致するものである」と記されている。

『続審問』に引き続き今度も、岩波文庫編集長入谷芳孝氏のお世話になった。あつくお礼を申し上げる。

二〇一二年一月

中村健二

〔編集付記〕

本書は中村健二訳『悪党列伝』(晶文社、一九七六年六月刊行)を文庫化したものである。今回の文庫化にあたっては、書名を『汚辱の世界史』と改め、本文に大幅な加筆修訂をほどこした。なお、本書中、差別的な表現もしくは文章が若干見られるが、原文の歴史性、および作品のもつ物語性・虚構性を考慮し、原文通りとした。

(岩波文庫編集部)

汚辱《おじょく》の世界史《せかいし》　J. L. ボルヘス作

2012年4月17日　第1刷発行
2022年8月 4 日　第5刷発行

訳　者　中村健二《なかむらけんじ》

発行者　坂本政謙

発行所　株式会社 岩波書店
〒101-8002 東京都千代田区一ツ橋 2-5-5

案内 03-5210-4000　営業部 03-5210-4111
文庫編集部 03-5210-4051
https://www.iwanami.co.jp/

印刷 製本・法令印刷　カバー・精興社

ISBN 978-4-00-327926-7　　Printed in Japan

読書子に寄す

——岩波文庫発刊に際して——

岩波茂雄

真理は万人によって求められることを自ら欲し、芸術は万人によって愛されることを自ら望む。かつては民を愚昧ならしめるために学芸が最も狭き堂宇に閉鎖されたことがあった。今や知識と美とを特権階級の独占より奪い返すことはつねに進取的なる民衆の切実なる要求である。岩波文庫はこの要求に応じそれに励まされて生まれた。それは生命ある不朽の書を少数者の書斎と研究室とより解放して街頭にくまなく立たしめ民衆に伍せしめるであろう。近時大量生産予約出版の流行を見る。その広告宣伝の狂態はしばらくおくも、後代にのこすと誇称する全集がその編集に万全の用意をなしたるか。千古の典籍の翻訳企図に敬虔の態度を欠かざりしか。さらに分売を許さず読者を繫縛して数十冊を強うるがごとき、はたしてその揚言する学芸解放のゆえんなりや。吾人は天下の名士の声に和してこれを推挙するに躊躇するものである。このときにあたって、岩波書店は自己の責務のいよいよ重大なるを思い、従来の方針の徹底を期するため、すでに十数年以前より志して来た計画を慎重審議この際断然実行することにした。吾人は範をかのレクラム文庫にとり、古今東西にわたって文芸・哲学・社会科学・自然科学等種類のいかんを問わず、いやしくも万人の必読すべき真に古典的価値ある書をきわめて簡易なる形式において逐次刊行し、あらゆる人間に須要なる生活向上の資料、生活批判の原理を提供せんと欲する。この文庫は予約出版の方法を排したるがゆえに、読者は自己の欲する時に自己の欲する書物を各個に自由に選択することができる。携帯に便にして価格の低きを最主とするがゆえに、外観を顧みざるも内容に至っては厳選最も力を尽くし、従来の岩波出版物の特色をますます発揮せしめようとする。この計画たるや世間の一時の投機的なるものと異なり、永遠の事業として吾人は微力を傾倒し、あらゆる犠牲を忍んで今後永久に継続発展せしめ、もって文庫の使命を遺憾なく果たさしめることを期する。芸術を愛し知識を求むる士の自ら進んでこの挙に参加し、希望と忠言とを寄せられることは吾人の熱望するところである。その性質上経済的には最も困難多きこの事業にあえて当たらんとする吾人の志を諒として、その達成のため世の読書子とのうるわしき共同を期待する。

昭和二年七月

岩波文庫の最新刊

ウォーラーステイン著／川北 稔訳
史的システムとしての資本主義
資本主義をひとつの歴史的な社会システムとみなし、「中核／周辺」「ヘゲモニー」などの概念を用いて、その成立・機能・問題点を描き出す。
〔青N四〇一-一〕 **定価九九〇円**

鈴木 淳編
高峰譲吉文集 いかにして発明国民となるべきか
アドレナリンの単離抽出、タカジアスターゼの開発で知られる高峰譲吉。日本における理化学研究と起業振興の必要性を熱く語る。
〔青九五二-一〕 **定価七九二円**

大木志門編
島崎藤村短篇集
島崎藤村(一八七二―一九四三)は、優れた短篇小説の書き手でもあった。一篇を精選する。人生、社会、時代を凝視した作家が立ち現れる。
〔緑二四-九〕 **定価一〇〇一円**

……今月の重版再開……

アンデルセン 森 鷗外訳
即興詩人(上)
定価七七〇円 〔緑五-一〕

アンデルセン 森 鷗外訳
即興詩人(下)
定価七七〇円 〔緑五-二〕